KB094857

# 변혁 1990

## 1990

천지무천 장편소설

23

FUSION FANTASTIC STORY

# 변혁 1990 23권

천지무천 장편 소설

초판 1쇄 찍은 날 § 2016년 11월 28일
초판 1쇄 펴낸 날 § 2016년 12월 5일

지은이 § 천지무천
펴낸이 § 서경석

편집책임 § 배경근

펴낸곳 § 도서출판 청어람
등록번호 § 제1081-1-89호
등록일자 § 1999. 5. 31
어람번호 § 제1-2575호

주소 § 경기도 부천시 원미구 심곡2동 163-2 서경B/D 3F (우) 14640
전화 § 032-656-4452 팩스 § 032-656-4453
http://www.chungeoram.com
E-mail § chungeorambook@daum.net

ISBN 979-11-04-91070-8 04810
ISBN 978-89-251-3388-1 (세트)

# 변혁 1990

## 1990

천지무천 장편소설

**23**

FUSION FANTASTIC STORY

# Contents

# Chapter 1

　전혀 예상치 못한 만남이었다. 이수진과 홍대에서 만났던 이후 몇 번 그녀에게서 삐삐가 왔었지만, 연락하지 않았다.

　"어쩐 일이에요? 수진 씨도 공연을 보러 오셨어요?"

　이 장소에 이수진이 있다는 것은 그 이유밖에는 없었다.

　"예, 친구도 볼 겸해서요. 안녕하셨어요? 예인 씨."

　캣츠의 출연진 중에 이수진이 미국에서 사귄 친구가 있었다. 하얀 고양이인 빅토리아였다.

　오늘 공연에서 빅토리아는 노래가 아닌 멋진 춤을 선사

했었다.

"안녕하세요. 한국에 언제 오셨어요?"

"몇 주 되었어요. 겨울방학 때는 오지 않으려고 했는데, 그게 제 마음대로 안 되네요."

이수진은 나와 예인이를 번갈아 보며 말했다.

'후! 여기서 보게 될 줄이야.'

"저희 이제 저녁 먹으러 갈 건데 시간 되시면 같이 가실래요?"

예인이가 이수진을 보며 말했다.

"그래도 괜찮으시겠어요? 제가 괜히 끼면 불편하신 게 아닌지 모르겠네요."

이수진은 예상과 달리 거절하지 않았다.

"괜찮아요. 오늘은 언니도 없어서 둘이 식사하면 좀 심심할 것 같아서요. 오빠도 괜찮죠?"

예인이가 날 보며 물었다.

"어, 괜찮지. 한데 친구는 만나셨어요?"

솔직히 괜찮지가 않았다. 이수진은 홍대에서 나에 대한 감정을 숨김없이 드러냈었다.

"예, 공연 준비 때문에 내일 다시 만나기로 했어요."

"그럼, 식사하러 가시죠."

내 말에 이수진은 밝게 웃으며 발걸음을 옮겼다.

우리가 향한 곳은 세종문화회관에서 그리 멀지 않은 프라자호텔의 일식집이었다.

몇 번 이용했던 식당으로 깔끔하고 맛이 괜찮았다.

사전에 예약하지 않았지만, 종업원은 날 기억하는지 전망 좋은 창가 자리로 안내했다.

"예인이는 회를 좋아하는데, 수진 씨는 어떠세요?"

"예, 저도 괜찮아요."

이수진은 지금의 이 자리가 좋은지 입가에 기분 좋은 미소가 서려 있었다.

나는 요리를 주문하고는 잠시 화장실로 향했다. 그러는 사이 동갑내기인 두 사람은 자연스럽게 대화를 나누었다.

"예인이 씨는 요즘 어떻게 지냈어요?"

"요즘은 좀 그랬어요. 좋지 않은 일이 있었거든요."

예인이는 이수진의 물음에 솔직하게 말했다.

"아, 그러셨구나. 예인 씨의 얼굴이 조금은 피곤해 보인다 했어요."

"수진 씨는 어떠셨는데요?"

"음, 저도 그리 좋은 일은 없었어요. 열심히 공부해야 할 때인데 마음속에서 애만 태우고 있거든요."

"혹시, 연애 때문에?"

"연애라면 정말 좋겠어요. 혼자 하는 짝사랑이에요."

이수진은 쓸쓸한 미소를 보이며 말했다.

"어쩜, 나도 그런데. 우린 비슷한 데가 많은데요."

"예인 씨 같이 예쁜 분이 짝사랑을 한다고요? 왠지 거짓말 같아요."

"그렇게 말씀하시는 수진 씨는요? 얼굴은 물론이고 모든 것이 완벽한 분이시잖아요."

예인이는 이수진이 대산그룹의 이대수 회장의 딸이라는 걸 알고 있었다.

누가 보더라도 두 사람은 외모적인 부분이나 지닌 성격, 갖추고 있는 학식 등 모든 것에서 나무랄 때 없는 아가씨들이었다.

아니 두 사람은 대한민국에서 손에 꼽을 만한 여자들이었다.

"풋, 깔깔깔! 듣고 보니 도저히 짝사랑할 조건이 아니네요?

"깔깔깔! 우리가 너무 바보라서 그런가요?"

두 사람은 큰 소리로 웃으면서 말했다.

"바보일 수 있죠. 한 사람만 바라보는 바보요."

"훗! 저는 바보 중의 바보예요. 임자 있는 사람을 짝사랑하거든요."

"아! 정말이지, 우리 너무 똑같다. 사실 나도 임자 있는 사람을 짝사랑하는데."

예인이의 말에 이수진의 눈이 동그래지며 말했다.

"수진 씨도 힘들죠?"

"어쩜 좋아요, 우린 동병상련이네요. 예인 씨의 마음을 저도 잘 알아요."

예인이의 말에 이수진은 고개를 끄떡이며 말했다.

"좋지 않은 일도 제가 좋아하는 사람 앞에서 벌어졌어요. 그래서 많이 답답해요."

"이런 말은 도움이 되지 않겠지만, 그래도 힘내세요. 후! 세상에는 남자가 절반이라는데, 하필 그 남자를 만나서 이렇게 마음고생만 하는 건지⋯⋯."

이수진이 깊은 한숨을 내쉬자 예인이의 얼굴에 미소가 서렸다.

"수진 씨, 우리 친구 해요."

"친구요?"

"나랑 공부하는 방향도 같고, 짝사랑도 같고, 거기다가 나이도 같잖아요."

하버드에 다니는 이수진도 대학원에 진학하면 법을 전공할 계획이었다.

"그럴까요? 한국에는 친구도 별로 없는데."

"잘 부탁해, 이수진."

"나도 잘 부탁한다. 송예인"

예인이가 악수를 하기 위해 손을 내밀자 이수진도 환한 미소로 마주 잡았다.

"한데, 수진이 너는 짝사랑을 어떻게 만난 거야?"

"소개로 만났어. 임자가 있는 남자인지 모르고 나갔지. 만난 자리에서 바로 밝히더라고, 자긴 여자친구 있다고. 그래서 그런가 보다 했지, 나도 처음에는 관심이 별로 없었거든."

"후후! 그러다가 점점 빠져들었구나."

"그런 거지. 몇 번 더 만날 기회가 있었던 후부터 호감이 생기고, 그렇다가 여기까지 온 거지. 예인이 너는?"

"나도 그래. 어느 순간부터 자꾸 눈에 들어오면서 그 사람에 대한 생각이 많아졌어. 다른 남자보다 생각도 깊고, 순수하면서 많이 착하기도 하고……."

"뭐가?"

내 말에 예인이의 말이 끊어졌다.

"어, 아무것도 아니야. 수진이하고 친구 하기로 했어."

"정말?"

"네, 예인이하고 통하는 게 많아서요. 이젠 한국에 있는 동안 별로 외롭지 않을 것 같아요. 예인아, 자주 연락해도 되지?"

"물론이지. 나도 깊은 속마음을 나누는 친구는 별로 없어."

'지금의 상황이 뭐지? 서로 친구가 되면……. 설마 집에까지 놀러 오는 건 아니겠지?'

순간 두 사람의 말에 떠오른 걱정이었다. 더구나 예인이가 이수진과의 일을 알게 된다면…….

보통 일이 아니다.

"어, 좋겠네."

"표정이 왜 그래? 어디가 불편한 거야?"

예인이가 내 얼굴을 보며 말했다. 사실 두 사람의 이야기를 듣는 순간 머리가 지끈거렸다.

"아니야, 회사 일이 갑자기 생각나서."

"너무 회사 일에 신경을 쓰지 마. 그러니까 예전처럼 오빠하고 함께 놀러 갈 수 없잖아."

"자주 태수 씨하고 놀러 갔었나 봐?"

"어, 이전에는 영화도 자주 보고 부산에도 갔었거든. 부산이 우리 외가댁이라서."

"좋았겠다. 나도 영화 보는 걸 좋아하거든."

이수진은 진심 부러운 눈빛이었다.

"한데, 너의 짝사랑은 한국에 있는 거야?"

쿨럭! 쿨럭!

순간 예인이의 말에 물을 먹다가 사레가 걸렸다.

"오빠 괜찮아요?"

"어, 괜찮아. 잠깐 화장실 좀 다녀올게."

난 재빨리 자리에서 일어나 화장실로 향했다. 도저히 앉아 있을 수가 없었다.

"태수 씨가 좀 불편하신 것 같다."

"그렇게, 요새 일이 많은지 집에 늦게 오는 것 같더라고."

"같이 사는 거야?"

"어, 우리 집이 공사에 들어가서, 집을 다 지을 동안만."

"태수 씨는 어떤 사람이야? 몇 번 얼굴은 봤지만 별로 대화를 나눠보지 못했거든."

"좋은 사람이지. 아주 좋은 사람……."

그때 주문했던 회와 요리가 나왔다.


"후! 이거 가시방석이 따로 없네."

자리로 돌아가기가 겁이 났다. 이수진이 예인이게 어떤 말을 했을 지도 말이다.

"죄짓고는 못산다는 말이 꼭 맞는구나. 그때 만나지 말았어야 했는데……."

괜한 후회가 밀려왔다. 일에서만큼은 누구에게 뒤지지도 않았고 후회도 없었다.

하지만 여자 문제에서는 뭔가 매끄럽지 못했다.

'빨리 가인이하고 결혼을 해야지, 안 되겠어.'

옷에 묻은 물기를 닦아내고는 다시금 자리로 돌아갔다.

식사를 하는 동안 불편한 이야기는 나오지 않았지만 나는 밥 먹는 내내 좌불안석(坐不安席)이었다.

하지만 예인이와 이수진은 큰 소리로 웃으면서 즐겁게 식사를 했다.

두 사람은 여러 가지로 공통점이 많았고, 성격과 성향도 비슷한 면이 있었다. 예인이도 정문호의 일 이후로 오늘처럼 즐겁고 유쾌한 모습을 보인 적이 없었다.

예인이에게 있어서는 이수진과의 만남은 위로와 치유가 된 것 같았다.

"오늘 정말 즐거웠어. 다음에는 제가 살게요."

이수진은 예인이와 날 번갈아 보며 말했다.

"아닙니다. 저도 즐거웠습니다."

말과 다르게 음식이 코로 들어가는지 입으로 들어가는지도 모를 정도로 긴장하며 식사를 했다.

"삐삐 번호는 잘 챙겼지?"

예인이가 이수진를 보며 말했다.

"벌써 머릿속에 입력해놨어. 우리 집에도 한번 놀러 와, 그래야 나도 예인이의 집에도 가보지."

"언제든지 와도 돼."

"그래, 꼭 한번 갈게."

두 사람의 대화에 현기증이 날 것 같았다. 이건 고문 그 자체였다.

"조심해서 가고."

"그래, 너도 잘 들어가."

이수진이 호텔 앞 콜택시에 올랐다. 택시가 출발하는 순간 나도 모르게 한숨이 나왔다.

"휴우!"

"오늘따라 한숨을 자주 쉬고. 정말 어디 아픈 것 아냐?"

예인이가 날 보며 물었다.

"머리가 아파서."

"젊다고 너무 일만 해서 그래. 좀 쉬어가면 해."

"그래, 쉬면서 해야겠다. 너는 기분이 좀 나아진 것 같다."

"어, 속에 있던 이야기를 수진이에게 하니까, 기분이 많이 좋아졌어."

'무슨 이야기를 한 거야? 아니다, 아냐. 거기까지 생각하면 머리가 더 아파진다.'

"다행이네. 우리도 갈까?"

"어, 오늘 고마웠어. 아니, 늘 신경을 써줘서 고마워."

"당연한 일을 가지고. 하여간 예인이 기분이 많이 풀어졌다니까 나도 좋다. 자! 타시지요, 공주님."

택시가 우리 앞으로 서자 차 문을 열어주며 예인이에게 고개를 살짝 숙이며 말했다.

"앞으로도 잘 부탁해요. 멋진 기사님."

예인이가 환한 미소를 머금으며 화답했다. 다시금 예인이 다운 모습으로 돌아와 있었다.

*     *     *

신세계파의 김욱은 오전부터 머리가 지끈거렸다. 조직의 핵심인 조상태와 박재동이 사라졌다.

상황파악이 빠르고 조직을 관리할 줄 아는 조상태가 한라그룹 정문호의 일에 엮이지만 않았다면 내칠 생각이 없었다.

머리가 돌아가는 조상태가 한라그룹의 정문호에게 폭력을 가했다면 그만한 이유가 있었을 것이다. 그러나 그렇다고 해도 행동으로 옮기지 말아야 할 대상이 있는 것이다.

조상태를 잡으러 갔던 박재동은 다혈질적인 면이 있지

만, 조직 간의 다툼과 싸움에서 그만한 놈이 없었다.

타고난 깡다구와 누구에게 지기 싫어하는 성격으로 독종 중의 독종이라 불렸다.

칼솜씨도 뛰어나 회칼만 손에 쥐고 있으면 네다섯 명은 순식간에 해치웠다.

그러한 면 때문에 신세계파의 행동대장으로 적격이었다.

그런 박재동이 연락이 끊긴 것이다. 문제는 박재동과 함께 행동했던 놈들도 연기처럼 사라졌다는 것이다.

"아직도 소재 파악이 안 돼?"

"예, 다방면으로 알아보고 있는데도 연락이 되지 않습니다."

"중요한 시기에 이런 일이 생겨. 조상태는 국내를 뜬 게 확실해?"

"예, 중국 쪽으로 애들을 보내는 놈 중 하나가 조상태를 봤다고 했습니다."

"아휴! 개새끼들이 일을 어떻게 처리한 거야? 박재동이 이 새끼가 이럴 놈이 아닌데."

평소 욕을 하지 않는 김욱의 입에서 욕설이 튀어나왔다. 조상태를 잡는 일은 모두 박재동이 맡고 있었다.

"정 안되면 경찰에 연락을 취해볼까요?"

김욱의 비서인 김건용은 조심스럽게 말을 했다. 김건용

은 비서 이전에 김욱의 6촌 동생이었다.

"허허! 지금 나한테 농담하는 거야?"

"아닙니다. 혹시나 경찰에 체포된 것이 아닌가 해서요."

"야, 이 새끼야! 경찰에 체포되면 지금까지 연락이 안 되 겠어? 아, 저거 언제 사람 될까… 생각을 좀 하고 말해!"

"죄송합니다, 회장님."

김건용은 90도로 고개를 숙이며 말했다. 김건용에게 있 어 김욱은 6촌 형이기 이전에 너무나 무서운 존재였다.

마음에 들지 않으면 폭력을 행사할 때도 잦았기 때문이 다.

"어휴! 답답해. 가서 비서실장 들어오라고 해."

김욱의 오른팔인 김기춘 비서실장은 조상태가 벌인 사태 를 수습하기 위해 노력 중이었다.

한라그룹의 정문호는 조상태를 데려오라고 시도 때도 없 이 연락을 해왔다.

더욱이 세기건설이 참여중인 금호와 옥수동의 재개발사 업이 교착상태라 그곳의 문제도 풀어야만 했다.

여러 가지 일로 조직 내에서 제대로 일할 인물이 필요할 시점에 조상태와 박재동의 부재는 신세계파에게는 큰 타격 이었다.

연말이 되자 각종 경제단체의 모임이 많아졌다.

많은 곳에서 초청장이 날아왔지만 운영하는 회사들의 대표자리에서 물러난 나는 참석을 하지 않았다.

대신 각 회사의 대표들이 모임에 참석했다.

고무적인 것은 닉스와 도시락이 무역의 날을 맞이해 2억 불과 7천만 불 수출탑을 수상했다.

더불어서 두 회사의 대표가 수출에 이바지한 공로로 국무총리 표창과 상공자원부(산업통상자원부)장관 표창을 받았다.

물론 대부분 내가 이룩한 일이었지만 난 뒤로 빠졌다.

닉스의 도약과 발전은 대한민국에서 누구도 예상하지 못한 일이었다.

국내 신발산업이 전체적으로 침체하여 가는 상황에서 닉스만이 유일하게 승승장구하고 있었다.

닉스가 2억 불 수출탑을 받은 계기로 언론에서 집중적으로 다루어졌다.

신발 분야에서 OEM(주문자 상표 부착 생산)이 아닌 독자적인 브랜드로 2억 불을 수출했다는 것은 전무후무한 일이었다.

OEM으로도 이러한 수출 성과를 달성하지 못했다.

서부지역과 동부지역 할 것 없이 미국 전역에서의 인기

가 올라가자 미국과 국경을 접하고 있는 캐나다와 멕시코에서도 닉스의 인기가 점점 피어오르고 있었다.

마이클 조던을 모델로 한 미국의 TV 광고도 성공적으로 광고가 나간 이후부터 신발 판매량이 35.7%가 늘어났다.

더욱이 시간이 지날수록 미국에서의 브랜드 인지도와 판매량이 더욱 상승하고 있었다.

그 때문인지 할리우드의 유명배우와 팝가수들도 닉스의 신발을 신고 있는 모습들이 언론에 자주 잡혔다.

이러한 닉스의 인기를 방송사들이 미국 현지 취재를 통해서 안방에 고스란히 전파되었다.

국내에서 TV 광고를 크게 하지 않고 있는 닉스는 이러한 보도를 통해서 더욱 인지도를 올려놓고 있었다.

이제는 미국은 물론이고 다른 나라들에서 현금을 들고 와서는 신발을 구매하겠다는 바이어들이 닉스 본사를 찾았다.

"닉스의 장점이 무엇이라고 생각하십니까?"

KBS에서 특집방송으로 한국을 대표하는 브랜드라는 방송을 위해서 닉스를 취재했다.

인터뷰에는 닉스의 한광민 대표와 디자인 센터장인 정수진이 참여했다.

"닉스의 신발들은 디자인과 기술의 조화가 완벽하게 이

루어진 제품입니다. 저희가 신발을 생산하는 공장들에는 다른 회사의 신발들에서는 볼 수 없는 저희만의 독창적인 기술들을 사용하고 있습니다. 기술개발연구소에서 개발된 기술들은……."

이문영 아나운서의 질문에 대답하는 한광민 대표의 말에는 자부심과 자신감이 넘쳐 있었다.

"정말 놀랐네요. 신발에 대한 기술 개발에 이렇게나 많은 자금을 쓰고 있다는 것을 몰랐습니다. 닉스 하면 디자인을 빼놓고 말할 수 없는데요. 다들 시대를 앞서가는 디자인이라고 말하는데, 이 점에 대해서는 어떻게 생각하시나요?"

이문영 아나운서는 정수진 센터장에게 질문을 던졌다.

"맞는 말씀입니다. 저희 디자인센터의 디자인들은 현재 다른 신발 브랜드에서 디자인한 제품들보다도 1~2년 많게는 3~4년을 앞서가는 디자인들을 선보이고 있습니다. 그러나 디자인이 앞서간다는 것만이 아닙니다. 그에 걸맞은 기술적인 분야에서도 다른 신발 업체보다 앞서가고 있습니다. 디자인센터에서 일하는 디자이너들도 한국에만 국한된 것이 아니라 전 세계에서 재능 있고 실력이 뛰어난 디자이너들이 대거 포함되어 있습니다. 미국의 디자인 팀과 프랑스에도……."

정수진의 말처럼 닉스에서 만들어지는 디자인은 시대를

앞서가고 있었다.

내가 그려놓은 스케치를 바탕으로 실력이 뛰어난 디자이너들이 현시대에 맞는 디자인으로 재탄생시킨 제품들과 각디자인팀에서 제작되는 다양한 디자인들을 경쟁을 통해 제품화시켰다.

한편으로 새롭게 추가된 프랑스 현지 디자이너들의 감각적인 디자인을 바탕으로 고퀄리티의 닉스 스톰을 새롭게론칭했다.

이제는 닉스와 경쟁을 벌이고 있는 나이키와 리복, 아디다스, 퓨마에서 선보이고 있는 신발들보다 디자인과 기술분야에서도 앞서가고 있었다.

현재 닉스의 문제는 생산량이었다.

"말씀을 듣고 보니 국내에서 닉스만큼 디자인에 신경을쓰는 곳이 없는 것 같습니다. 해외에서 공부 중인 디자이너들을 후원하고 계신다고 들었습니다."

"예, 저희는 국내 학생뿐만 아니라 우수한 재능을 보이는학생들에게 장학금과 현지 생활비까지 지원하고 있습니다.그들을 통해서 닉스의 디자인센터는 더욱 새로운 생각과감각을 유지하게 될 것입니다. 저희 닉스는 고객들에게 창의적이고 놀라움을 선사하기 위해서……."

닉스는 파슨스 디자인스쿨, 센트럴 세인트 마틴스 예술

대학, 로드아일랜드 디자인스쿨 등 세계적인 디자인학교에 재학 중인 학생들을 지원하는 시스템을 운영했다.

또한 닉스 공모전을 통해서 재능과 실력이 뛰어난 대학생들을 선발해 장학금을 주었다.

현재 센트럴 세인트 마틴스 예술대학에 대학원생으로 공부 중인 알렉산더 맥퀸을 지원하여 그를 닉스로 영입하기로 했다.

한편으로 페리 엘리스사 경영진에 해고된 디자이너 마크 제이콥스를 미국 디자인팀에 끌어드렸다.

그는 자신의 이름을 딴 '마크 제이콥스'를 93년에 론칭했고, 97년에는 명품 업체 중 하나인 프랑스 루이뷔통의 수석 디자이너가 되었던 인물이다.

미래를 안다는 것은 세계적인 디자이너로 성장하는 인물들과 모델을 선점할 수 있는 유리한 조건이기도 했다.

"닉스가 이렇게나 디테일하게 디자인에 임하는지 몰랐습니다. 국내는 물론이고 세계에서 인기를 끌고 있는 비결일 수 있겠습니다. 마지막으로 닉스가 나아갈 방향성에 대해서 말씀해 주십시오."

"닉스는 순간순간 변화하는 다양한 디자인에 대한 욕구와 고객의 선호를 정확히 이해하는데 더 많은 에너지를 쏟을 것입니다. 그것이 저희 닉스를 사랑하는 고객에게 감동을 줄 수 있는 가장 중요한 원동력이라고 생각합니다. 앞으로도 고객들에게 놀라움을 선사해 드리겠습니다."

한광민 대표는 내가 회의 때 말했던 닉스의 방향성을 인터뷰에서 그대로 전달했다.

"좋으신 말씀 감사드립니다. 앞으로도 닉스의 놀라움을 지켜보도록 하겠습니다."

이문영 아나운서의 인터뷰가 끝나자마자 닉스 본사와 신발생산 공장의 전경이 TV 브라운관에 비쳤다.

국내에서는 전혀 볼 수 없는 독특한 실내디자인이 가미된 디자인센터의 모습이 신선하게 다가왔다.

자유분방한 복장과 헤어스타일로 일을 하는 국내외의 디자이너들은 모습 또한 색다르게 보였다.

일하던 도중에 지하층에 마련되어 있는 헬스장과 수영장을 이용하는 모습은 물론이고 극장에서 영화를 즐기는 직원들의 모습까지, 국내 어느 회사에서도 전혀 상상할 수 없는 모습이었다.

부산 공장에서도 옥상에 마련된 공원들과 직원 휴게실에서 직원들이 휴식시간에 당구와 탁구를 치는 모습이 전파를 탔다.

커피와 청량음료를 마음대로 마실 수 있게 되어 있는 넓은 휴게실도 국내의 다른 공장들과는 전혀 다른 모습을 보여주었다.

　더욱이 식당에서 나오는 다양한 반찬들과 요리들은 국내 대기업에서도 쉽게 따라 하지 못하는 광경이기도 했다.

**Chapter 2**

"단단히 미쳤군. 쓸데없는 데 저렇게 돈을 쓰고 있으니."

푹신한 소파에서 TV를 보던 한라그룹의 정태술 회장이 어이없다는 표정을 짓고 있었다.

"뭘 보는데 그래요? 파파."

몸보다 더 큰 흰색 티에 짧은 숏팬츠를 입고 있는 이지은이 물잔을 들고오며 물었다. 이지은은 나이에 비해 농염한 외모와 관능적인 몸매를 지녔다.

정태술의 후원으로 새로운 주말드라마에 여주인공으로 출연하고 있는 이지은이었다.

하지만 생각했던 만큼 시청률이 나오지 않고 있었다.

"닉스라고 들어봤어?"

"닉스를 모르는 사람이 어디 있어? 요새 방송국에도 죄다 닉스 신발을 신고 다니는데."

이지은 정태술에게 서슴없이 반말을 던졌다.

"너도 신고 다녀?"

"그럼, 유행에 민감한 배우인데."

"앞으로 신지 마."

"왜?"

"저놈들 때문에 우리 쪽 브랜드가 팔리지 않아."

"파파도 정말. 쟤들보다 잘 만들면 되잖아."

이지은 정태술의 두꺼운 목을 양팔로 감싸며 말했다.

"그게 말처럼 쉽지가 않아."

"일 잘하는 애들을 쓰면 되잖아."

"일 잘하는 놈이라고 얼굴에 쓰여 있지가 않잖아. 비싼 월급 주면서 뽑아놓은 놈들마다 죄다 일을 제대로 하는 놈들이 없어."

정태술을 말을 하면서 자신에게 안겨 있는 이지은의 옷 속으로 서슴없이 손을 집어넣었다.

그런 모습이 일상적인 것처럼 이지은 아무렇지 않게 대응했다.

"아이! 어떡해. 우리 파파에게 잘하는 사람은 나밖에 없는 거야?"

코맹맹이 소리를 하며 정태술의 늘어진 가슴팍으로 파고드는 이지은이었다.

"그래, 우리 귀여운 지은이밖에는 없다."

정태술은 이지은 볼에 입술을 대며 말했다.

"나도 파파밖에 없어. 정말이지 우리 파파가 항상 건강했으면 좋겠어."

"그래그래, 네가 내 보약이다."

정태술은 이지은의 말이 진심인지 거짓인지 중요하지 않았다.

이렇게 자신의 품에서 애교를 부리는 이지은 무척이나 예뻐 보이고 좋았다.

"파파, 나 이번에 차 좀 바꾸면 안 돼?"

"차 산 지 얼마 안 됐잖아."

"아이, 김소리 있잖아. 그 계집애도 기분 나쁘게 나랑 똑같이 BMW를 타잖아."

김소리는 요즘 몇 개의 드라마에 좋은 연기와 인상을 시청자들에게 남긴 배우였다. 이지은이 여주인공으로 방영되고 있는 주말드라마에 여주인공으로 낙점되었던 배우가 원래는 김소리였다.

이지은에게 배역을 빼앗긴 김소리는 다른 드라마에 조연으로 캐스팅되어 주연보다 더 큰 인기를 얻는 중이었다.

"뭘 사고 싶은데?"

"벤츠가 좋을 것 같아."

"전에는 나이 든 영감들이 타는 거라고 싫어했잖아."

"아니야, 파파 차도 타보니까 좋더라고. 대신 흰색으로 사줘."

"알았다. 차 고르고서 김 비서에게 연락해. 말을 해놓을 테니까."

"역시! 우리 파파가 최고야."

이지은 정문술의 목을 더욱 감싸 안으며 양 볼과 입술에 연신 뽀뽀를 하기 시작했다.

"아이코, 이놈아. 숨 막힌다."

"오늘 숨이 콱 막힐 정도로 파파를 괴롭힐 건데."

"아휴! 이 깜찍한 것 때문에라도 십 년만 젊었으면 얼마나 좋을까."

얼굴에 웃음으로 가득한 정문술은 이지은의 볼을 살짝 당기며 말했다.

밑에 직원들에게 인정사정없이 대하는 정문술이었지만 이지은에게만은 한 마리 순한 양일뿐이었다.

닉스를 다룬 방송은 큰 반향을 일으켰다. 닉스 말고도 수출을 주도하는 여러 업체가 소개되었지만 다른 회사들보다도 닉스의 인지도가 독보적으로 상승했다.

철저한 품질관리와 시대를 앞서가는 디자인, 그리고 직원들에 대한 복지가 시청자들의 마음을 사로잡았다.

또한 북미를 비롯한 유럽에서도 인기가 오르고 있는 닉스에 대한 정확한 현지 방송이 나가자 국내에서 더욱 판매량이 늘어났다.

더구나 외국보다 국내에서 판매하는 신발이 더 저렴하다는 것이 구매욕을 자극했다.

수출을 통해 지원받는 혜택을 얻기 위해 밀어내기식 수출로 국내보다도 헐값으로 수출하는 업체들도 많은 상황에서 닉스만은 다르다는 것을 확실히 보여준 방송이었다.

국내에 들어온 해외 유학생과 관광차 방문했던 관광객들도 닉스를 구매하는 대열에 합류했다.

미래에 중국 관광객들이 한국화장품을 대거 사 들고 가는 것처럼 닉스가 그러한 붐을 만들어가고 있었다.

"이거 미안해서 어쩌지."

"뭐가 미안하세요?"

닉스의 한광민 대표는 나에게 미안한 표정을 지으며 말했다.

"모든 걸 강 회장이 만들어 놓은 거잖아. 그런데 내가 잘해서 된 것처럼 방송에 보였으니까 말이야."

"하하! 별걸 미안해하십니다. 제가 한 일도 분명 있지만 한 대표님과 닉스의 직원들이 하나 되어 이룩한 일입니다. 단지 방송은 누군가를 보여주어야 하므로 그런 것이고요. 더구나 전 아직 방송에 얼굴을 드러내고 싶지 않습니다."

"그렇게 말해주니까, 고마워. 정말이지 이 자리가 얼마나 힘든 자리였는지 이제야 알겠다니까. 쉽게 결정할 수 없는 문제들이 너무 많아서 골치가 이만저만이 아니야."

한광민 대표가 무엇을 말하는지 잘 알고 있었다.

그가 운영하던 부산신발연구소 시절과는 비교할 수 없을 만큼 닉스는 커졌고, 지금도 계속해서 성장하고 있었다.

"잘하고 계시는 것입니다. 어려운 일이 생기시면 지금처럼 절 호출하시면 되잖습니까."

"하하하! 그러고 보니 내가 바쁜 우리 회장님을 오라 가라 하네."

한광민 대표가 날 부른 것은 닉스의 본사에 자리 잡고 있는 디자인센터의 확대문제 때문이었다.

신발뿐만 아니라 운동복 라인인 닉스 프리의 확장과 새롭게 탄생한 고가의 산빌라인인 닉스 스톰 등으로 인해 디자인센터의 확장이 필요했다.

"한 대표님은 그럴 만한 자격이 있으십니다. 건물은 원안대로 매입하는 거로 하시지요."

본사건물을 전적으로 디자인센터에서 모두 사용하기 위해서 본사 앞쪽에 있는 4층 건물을 매입하기로 한 것이다.

새롭게 건물을 짓는 것은 현재 닉스의 상황에서 맞지 않았다.

"그래, 나도 그게 가장 좋을 것 같아. 오늘 시간 되면 술이나 한잔할까?"

"이거 죄송해서 어쩌죠. 크리스마스이브라서 선약이 있어서요."

"아차차! 이런 내가 날짜 가는 것도 모르고 있었네."

"하하하! 이런 날에는 직원들도 좀 일찍 보내주시죠."

"이거 일은 많은데, 가장 높으신 분의 말을 안 따를 수도 없고. 대신 책임은 회장님께서 지셔야 합니다. 하하하!"

"하하하! 알겠습니다."

좋아하는 사람과 기분 좋은 웃음을 나눌 수 있다는 것이 좋았다.

곧바로 크리스마스이브를 맞이해 2시간 일찍 퇴근하라

는 방송이 사내방송을 통해 나갔다.

그러자 큰 환호성이 대표실이 있는 곳까지 들려왔다.

과열된 한라㈜의 주가는 한라그룹의 공식적인 발표에도 불구하고 5만 원에 이르렀다.

개인 투자자들은 물론이고 명동과 테헤란밸리, 그리고 압구정에서 활동하는 세력들이 달라붙었기 때문이다.

하지만 5만 원을 돌파하는 순간부터 주가는 순식간에 아래로 처박히기 시작했다.

올라갈 때는 서서히 달아올랐지만, 주가가 내려갈 때는 청룡열차처럼 급격하게 내려갔다.

한라㈜는 보름 동안 총 8차례의 하한가를 기록했고 그 이후의 주가도 약세를 면치 못했다.

주식시장이 폐장하는 31일 날에는 결국 주가가 1만 4천 원대로 주저앉았다.

"야! 이 새끼들아! 누가 책임질 거야?"

얼굴이 붉게 변한 정태술 회장이 회장실이 떠나가라 소리치고 있었다.

그룹 종무식을 앞둔 상황에서 회장실로 불려 온 인물들 모두가 의자에 앉지도 못한 채 고개를 숙이고 있었다.

"왜 말들이 없어? 그 잘난 주둥아리들로 떠들어야 할 것 아니야?!"

"정말 면목이 없습니다."

양문기 비서실장이 간신히 입을 뗴었다.

"뭐? 면목! 자그마치 천오백억이 날아갔어! 써보지도 못한 천오백억이 말이야!"

한라그룹의 평균매입 단가는 3만 4천 원대였다. 주가가 흘러내리기 시작할 때 한라에서 내놓은 대량물량이 하한가를 주도했다.

한라에 들어온 작전세력들도 손해를 보지 않으려고 앞다투어 주식을 내놓은 것 또한 연속되는 하한가의 주 요인이었다.

서로들 계획된 작전 없이 단기간의 이익을 노렸기 때문에 벌어진 일이었다. 들어온 세력 중에서 하나의 세력만이 이익을 얻었을 뿐이었다.

문제는 대주주인 한라는 쉽게 주식을 팔 수 있는 상황이 아니었고 타이밍 또한 놓쳤다.

"그래도 지분율을 높여서 적대적인 M&A를……."

"야! 병신새끼야! 무슨 개뼈다귀 같은 M&A야! M&A이 하는 놈들이 이렇게 쉽게 포기해?"

"그건 저희가 발 빠르게 대응을 했기 때문에……."

양문기 비서실장은 끝까지 말을 할 수 없었다. 자신에게 날아오는 물잔을 피해야 했기 때문이다.

"너 나가! 내 눈앞에서 사라져!"

정문술은 의자에서 일어나 소리쳤다. 하지만 양문기는 나가지 않았다.

나가는 순간 자신이 끝이라는 걸 잘 알고 있기 때문이다.

"이 병신이, 왜 안 나가고 있어?"

"회장님, 양 실장에게 한 번 더 기회를 주시지요. 기관과 세력들이 끼어들어서 양 실장도 어쩔 수가 없었습니다."

함께 서 있던 김범철 재무이사가 어렵게 입을 열었다.

"니가 저놈의 변호인이야? 네가 왜 나서고 지랄이야!"

정태술은 김범철에게 걸어가 그대로 정강이를 차버렸다.

"악!"

정강이를 걷어차인 김범철이 그대로 주저앉으며 정강이를 부여잡았다.

김범철은 한라그룹의 중역이자 50대 중반의 나이였지만 정태술은 그런 것에는 전혀 아랑곳하지 않았다.

계열사 사장들도 정태술에게 손찌검을 당한 사람이 한둘이 아니었다.

*　　　*　　　*

명동과 테헤란밸리에서 활동하는 작전세력을 이용하여 손쉽게 한라㈜에서 털고 나올 수 있었다.

주가가 4만 원대에 들어서자 매집했던 주식을 털어내기 시작했고, 작전세력들과 기관, 그리고 한라그룹에서 매도한 주식 대부분을 사들였다

사전에 치밀하게 계획했던 대로 매도가 진행되었다.

5만 원대에 이르렀을 때 나머지 주식을 한꺼번에 처분해 주가상승에 찬물을 끼얹었다.

그리고 한라㈜의 적대적 인수합병은 없었던 일이라는 소문을 퍼트렸다. 그 이야기에 힘을 실어준 것은 한라그룹의 공식적인 발표였다.

적대적 인수합병은 사실무근이며 한라그룹의 지배구조를 더욱 튼튼하게 하려고 자사주를 매입했다는 발표였다.

또 하나의 작전세력인 압구정 쪽에서도 발 빠르게 주식을 던지자 주가는 아래로 곤두박질한 것이다.

"한라의 주식을 전량 매도했습니다."

김동진 비서실장의 보고였다.

"수고하셨습니다. 한라건설도 크게 흔드십시오."

"예, 조만간 작업이 시작될 것입니다."

한라건설은 인수합병이 아니었다. 아예 주가를 바닥으로 떨어뜨리기 위한 작업이었다.

그 작업에는 금호동과 옥수동의 재개발사업이 연계되어 있었다.

"그리고 재개발이 진행되는 곳에 거주하는 주민들의 피해가 없게 해야 합니다."

"예, 저희가 나서는 것이 그곳에 있는 주민들에게도 큰 이익으로 돌아갈 것입니다. 한마디로 한라건설과 재개발조합들은 칼만 안 들었지 날강도나 마찬가지였습니다."

"자기 배만 부르면 된다는 생각을 가진 사람들입니다. 남이 손해가 나건, 불행해지건 하등의 문제로 삼지 않는 자들이기도 하지요. 이번 기회에 완전히 썩어 있는 부분을 도려내야 합니다."

"예, 저도 이렇게나 악취가 날 정도로 썩은 기업인지 몰랐습니다. 확실하게 진행하겠습니다."

김동진 비서실장의 말처럼 한라건설은 재개발은 물론 하도급 문제에서도 문제가 많은 기업이었다.

공사대금을 제때 지급하지 않았고 설계도면에서 제시하는 자재가 아닌 다른 저급 자재를 사용하여 공사를 진행하기도 했다.

또한 서류 조작을 통해서 건설자재를 유용했고, 과도한 건설비용을 재개발 주민에게 청구하기도 했다.

문제를 제기하는 사람들에게는 소송을 진행하여 힘든 상

황을 만들어냈다. 일부러 재판을 지연해 지루하고 긴 소송
기간을 연출하여 피해자가 지쳐 떨어져 나가게 만들었다.

　한마디로 더럽게 돈을 벌고 있었다.

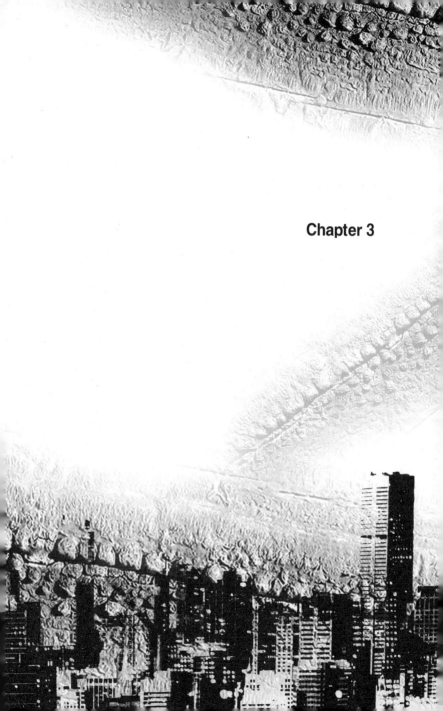

Chapter 3

　금호 6지구 조합사무실은 한겨울처럼 냉랭해졌다.

　금호 2지구 조합장과 성동구청 건축과에 근무하는 2명의
직원이 뇌물로 인해서 경찰에 구속되었다. 또한 금호 4지구
의 재개발조합은 조합원의 건물과 토지를 재평가하기로 결
정했다.

　"이거 이주도 하기 전에 우리만 이러다가 독박 쓰는 것
아니야?"

　조합장은 조기동은 겁이 났다. 아직까지 한라건설에서
이렇다 할 말이 없었다.

옥수동의 조합은 잠잠한 것 같았지만, 조합을 반대하는 측에서 불법 자료와 증거를 수집하여 사정기관에 넘긴 상태였다.

"좀 더 기다려 보시죠. 한라건설도 생각이 있을 것입니다. 조합원들의 요구를 다 들어주다 보면 사실 남는 게 없잖습니까?"

총무이사인 유기성은 이번 기회에 크게 한몫 챙기고 싶었다.

잘못해서 감옥에 가더라도 평생 먹고살 만한 돈을 벌 수 있는 것이 재개발이었다.

"아, 정말! 도대체 어떤 놈들이 관여한 거야?"

조합과 한라건설의 생각은 조합원들이 외부의 도움을 받고 있다는 결론을 내렸다.

못 배우고 먹고살기에 바쁜 사람들이 이렇게나 체계적으로 움직이고 대응하는 것이 이상했다.

"아주 재개발사업을 망쳐 버리려고 작정한 놈들입니다. 지금 조합원들은 그놈들 손바닥에 놀아나는 거고요. 공사가 늦어지면 지들만 손해인데 말입니다."

"한데 어제오늘 세기건설 직원들은 왜 안 보이는 거냐?"

늘 조합으로 출근하던 세기건설의 인력이 나오지 않고 있었다.

"그렇게요. 저도 오늘은 나올 줄 알았는데. 무슨 일이 있나?"

총무이사인 유기성이 고개를 갸우뚱했다. 세기건설의 인물들은 조합의 고정 직원이 아니었다.

하지만 궂은일을 도맡아서 해왔기 때문에 조합에서는 요긴한 인물들이었다.

*　　*　　*

세기건설 본사가 있는 노량진의 4층 건물 안은 폭격을 맞은 듯이 아수라장이 되어 있었다.

유리창은 모두 깨져 있었고, 사무실 내의 집기들도 어지럽게 너부러져 있었다.

깨진 창문으로는 한겨울의 세찬 바람이 들어오고 있었다.

"이게 다 무슨 일이냐?"

세기건설을 다급하게 찾은 김욱은 사무실 안을 보고는 얼굴빛이 새하얘질 정도로 매우 놀랐다.

"처음 보는 놈들이었습니다. 다짜고짜 들어와서는 이렇게 만들어 놓았습니다."

세기건설을 맡고 있는 최대영이란 인물로 대학에서 토목

을 전공했다.

"몇 명이나 왔길래 그걸 하나 못 막아?"

팔에 붕대를 감고 있는 최대영을 김욱은 못마땅하게 바라보며 말했다.

"스무 명쯤 되는 것 같았습니다. 때마침 정 부장도 자리를 비운 상황이라서……."

최대영은 세기건설을 맡고 있지만 신세계파의 조직원처럼 무력을 행사하는 인물이 아니었다.

세기건설은 정영철 부장이 조직원을 관리했다.

"정 부장은 어디 갔었는데?"

"옥수동에 나가 있었습니다."

"애들은 몇 명이나 상한 거야?"

"여섯 명이 입원했습니다. 그리고 놈들이 재개발 관련 서류들을 강탈해 갔습니다."

"뭐? 놈들이 왜 서류를 가져가?"

"그건 저도 잘……."

최대영은 분노에 찬 김욱의 얼굴을 마주 대하지 못했다.

"후! 정말, 불난 집에 기름을 끼얹는구먼."

김욱은 억지로 화를 참아내는 것 같았다. 그때 마침 병원에서 돌아온 정영철이 사무실로 들어왔다.

"오셨습니까?"

짝!

김욱에게 고개를 숙여 인사를 하는 순간 정영철의 고개가 왼쪽으로 돌아갔다.

"넌 못하는 새끼야?"

"죄송합니다. 지금 애들을 풀어서 습격한 놈들을 찾고 있습니다."

김욱의 손찌검에 한 발짝 옆으로 밀려났던 정영철이 재빨리 자세를 바로잡으며 말했다.

"허허! 소 잃고 외양간을 고쳐서 뭐해?"

철썩!

다시 한 번 정영철의 고개가 옆으로 돌아가면서 입술에서 피가 흘러나왔다.

"죄송합니다. 죽을죄를 지었습니다."

"죽을죄를 지었으면 죽어야지. 안 그래?"

김욱은 평소보다도 더욱 화가 나 있었다. 연속해서 신세계파에 안 좋은 일이 겹치는 데다 자신을 우습게 보고 사무실을 덮친 이름도 모르는 놈들에게 당한 상황에 화가 치밀어 올랐다.

김욱은 어지러운 바닥에 떨어져 있는 쇠파이프를 집어들었다.

그때 함께 온 김기춘 비서실장의 입을 열었다.

"사장님 참으십시오. 영철이 마저 없으면 정말 힘들어집니다."

조직의 핵심인물인 조상태와 박재동이 사라진 지금 신세계파는 여러모로 어려운 상황이었다.

"아휴! 내가 이런 수모를 당해야 해?! 당장 어떤 놈들이 저지른 일인지 알아내!"

세기건설의 습격사건은 강남을 모두 차지한 후 강북마저 석권하려 했던 김욱의 자존심이 한순간에 뭉개진 일이었다.

천하의 김욱을 건드릴 수 있는 인물은 강남파를 이끄는 정이섭 정도였다.


*　　　　*　　　　*


새로운 문민정부를 탄생시킨 1993년 계유년 닭띠해가 지나가고 있었다.

앞만 보고 달려갔던 한 해였고, 새로운 도약을 위해 지주회사인 닉스홀딩스와 룩오일NY가 탄생한 해이기도 했다.

앞으로 다가오는 1994년은 신자유주의적 경제 이론에 근거해 세계화를 주창하며 다국적기업들의 해외 직접투자와 국경을 넘어선 전략적 제휴가 활발하게 이루어진 원년이기도 했다.

중요하게 볼 점은 북미자유무역협정이 1월에 발효되면서 멕시코에 대한 투자가 활발히 일어났다.

나프타(NAFTA)라고도 불리는 미국과 캐나다, 그리고 멕시코 3국이 관세와 무역장벽을 폐지하고 자유무역권을 형성한 협정이다.

한편으로는 미국이 베트남에 대한 금수조치를 해제해 직간접 교역과 투자 그리고 금융거래를 할 수 있게 되었다.

베트남은 그 덕분에 새로운 투자처로 떠오르게 되어 한국과 일본, 미국에서 많은 투자가 이루어졌고 한국은 대우가 가장 적극적으로 임했다.

북한도 신의주특별행정구역을 바탕으로 미국과 금수조치 해제를 위한 협상을 벌이고 있었다.

북한은 1995년이 되어서야 미국에 의한 금수조치가 해제되었었다.

핵을 포기하고 개방화로 나가는 김평일 정권에 대해 미국의 클린턴 행정부는 긍정적인 신호를 보내고 있었다.

일본은 1990년대 거품 경제가 붕괴하면서 생산 수단의 해외이전과 해외투자의 증대를 통해서 수출 시장에서 경쟁자였던 한국을 견제하려 했다.

동남아시아의 일본 기업들의 직접투자가 활발해지면서

일본의 자본과 고급기술이 결합한 동남아시아의 저임금 생산 네트워크는 한국 기업들과 직접적 경쟁 관계에 들어갔다.

그 결과 한국은 1992년 대미 무역수지가 적자로 돌아섰고, 기술적 열세에 따른 대일 적자와 함께 동남아시아 국가와의 경쟁에 따라 수출 가격이 하락하면서 국제수지가 갈수록 악화되었다.

한국은 90년부터 3년간 막대한 경상수지 적자를 기록했다. 93년인 올해 처음으로 3억 달러에 해당하는 소폭의 흑자를 기록했지만 94년에는 50억 달러에 이르는 큰 폭의 적자를 기록했었다.

신의주 특별행정구의 본격적으로 가동되는 94년 말부터는 이러한 상황을 역전시킬 수 있었다.

그 선두에는 닉스홀딩스와 룩오일NY에 속한 회사들이 큰 역할을 할 것이기 때문이다.

"올해도 앞으로 한 발 더 전진할 수 있을 거야."

새롭게 떠오르는 태양을 바라보며 북한산 정상에서 외친 말이었다.

나의 양쪽 어깨 위로는 이젠 가족들만이 올려져 있는 것이 아니었다. 한국과 러시아, 그리고 미국에 있는 직원들과 그들의 가족들 모두를 책임져야만 했다.

94년에 들어서자마자 닉스홀딩스는 산하에 경제연구소를 신설했다.

한국에 있는 그룹들도 산하에 경제연구소를 가지고 있었는데 대표적인 곳이 삼성경제연구소, 럭키경제연구소(LG경제연구원), 현대사회경제연구원(현대경제연구원), 대우경제연구소 등이 유명했다.

민간경제연구소들은 거시경제 분석 보고서를 작성하여 경제 및 산업 흐름을 정밀하게 분석해 국가 경제의 나아갈 바를 적극적으로 제시했고, 또한 국가 정책을 만들어내는 데에도 큰 역할을 했다.

닉스경제연구소는 다른 민간경제연구소와 다르게 계열사의 주력 업종의 시장 전망이나 경영전략에 초점을 더욱 맞추었다.

이미 시대의 흐름을 알고 있었기 때문에 전반적인 산업의 거시경제보다는 기업 핵심 분야의 연구에 집중하는 것이 기업 경영에 보다 도움이 되었기 때문이다.

1차 적으로 닉스경제연구소가 진행한 것은 세계 신발산업의 동향과 닉스의 명품산업 진입에 대한 연구였다.

닉스는 이를 위해서 알렉산더 맥퀸과 마크 제이콥스에 이어서 크리스토퍼 베일리를 끌어들였다.

1990년 런던 로열아트컬리지에서 공부하던 크리스토퍼 베일리는 도나카란에게 발탁되어 2년간 뉴욕에서 일했다. 올해 22살인 그는 구찌를 거쳐 영국의 버버리에 입사 후 버버리 매출을 67%를 상승시켰고, 브랜드 가치를 10배 이상으로 올려놓았던 인물이다.

닉스는 이미 신발산업을 넘어서기 위한 작업으로 작년 말 프랑스 명품 브랜드인 겐조를 인수했다.

겐조는 원래 루이비통모에헤네시(LVMH)에서 인수했었다.

겐조의 수석 디자이너로 마크 제이콥스를 임명했고 그의 이름을 딴 브랜드인 마크 제이콥스도 투자를 진행했다.

이후에는 아직 공부 중인 알렉산드 맥퀸과 크리스토퍼 베일리에게는 새롭게 론칭한 닉스 스톰을 맡길 계획이다.

닉스는 향후 명품브랜드인 펜디와 버버리, 프라다, 구찌를 인수할 계획을 비밀리에 세우고 있었다.


한동안 한라그룹에 신경을 쓰느라 중국 출장이 늦어졌다. 블루오션은 대표를 임명하지 않고 내가 직접 챙겼다.

블루오션상하이에서 만들어진 전화기가 중국 우전부 산하 베이징 전신관리국과 상하이 전신관리국에 공식적인 납품업체로 선정되었다.

덩샤오핑(등소평)의 아들 덩즈팡(등질방)과 장쩌민(강택민) 아들인 장멘헝(강면항)의 역할이 컸다.

납품업체 선정으로 인해서 블루오션상하이는 두 곳의 전신관리국에 28만 대의 전화기를 공급하게 되었다.

전신관리국의 납품은 공식적으로 중국 정부기관에 인정을 받은 것으로, 향후 다른 기관과 단체에 납품을 할 때에도 유리하게 작용할 수 있었다.

깔끔한 디자인에 내구성과 성능이 뛰어나다는 평가를 받은 블루아이(Blue eye)의 납품가격은 한국 돈으로 1만 8천 원이었다.

블루아이보다 가격이 저렴한 전화기들도 생산되어 판매되고 있었지만, 외관이 확연히 투박하고 품질이 일정하지 못했다.

중국 현지 생산에서도 특히나 신경을 쓴 부분은 품질이었다. A/S가 필요 없을 정도로 생산 단계부터 검수까지 이중삼중 점검했다.

중국 현지의 생산직원들도 계속된 교육으로 조립과 검사를 스스로 할 수 있게 되었다.

고무적인 것은 미쓰코시상하이백화점에 입점한 닉스의 매출이 작년 말부터 급격히 늘어났다.

새롭게 채용된 7명의 현지 직원을 한국으로 불러들여 고객을 대하는 태도와 닉스 신발의 장단점에 대해서 하나하나 교육을 진행했었다.

보름 동안의 교육과 닉스 제품이 판매되는 백화점과 판매장에서도 실제 고객에게 판매실습까지 거쳤다.

더불어서 닉스의 본사에 위치한 디자인센터와 생산 공장까지 견학시키면서 닉스의 비전과 현재의 발전상을 고스란히 보여주었다.

중국 직원들 모두가 말로만 들었던 닉스의 위상을 두 눈으로 직접 확인하게 되자, 닉스의 직원이 된 것에 대한 자부심과 사기가 올라갔다.

그 결과 미쓰코시상하이백화점에서 판매율이 가장 신장한 곳이 닉스가 되었다.

미국에서의 큰 인기와 마이클 조던이 나오는 TV 광고를 일본 판매장처럼 틀어준 것도 한몫 거들었다.

더불어서 상하이의 소득과 소비가 급속히 늘어난 점도 매출을 신장된 이유 중의 하나였다.

상하이 공항에는 박용서 대리와 블루오션상하이를 맡고 있는 박경수 차장이 마중을 나왔다.

박경수 차장은 작년 말에 과장에서 차장으로 승진했다.

그리고 두 사람 옆으로는 상하이 소빈뱅크 지점의 지점장인 소로킨이 서 있었다.

블로우셔상하이도 소빈뱅크가 거래를 하고 있었다.

"안녕하셨습니까?"

내 인사에 세 사람 다 고개를 숙이며 날 반겼다.

"이번에도 못 오시는 줄 알았습니다."

박경수 차장의 말이었다. 그 또한 내가 얼마나 바쁘게 움직이고 있는 줄 알고 있었다.

"시간 내기가 쉽지 않네요. 곧장 공장으로 가시죠."

"예, 이쪽으로 가시지요."

박경수는 앞서서 날 안내했다. 내 뒤로는 항상 함께하는 김만철과 티토브 정, 그리고 두 명의 경호원이 더 따라붙었다.


"잘 지내고 있었습니까?"

차의 운전을 맡은 박용서에게 물었다. 그는 한국과 중국을 오가면서 바쁘게 지내고 있었다.

"예, 회장님. 주문량이 계속 늘고 있다 보니 눈코 뜰 새가 없습니다."

상하이와 베이징 전신관리국 이외에도 상하이에 자리를 잡고 있는 국영기업들에서 5만 대의 전화기를 요청했다.

단가는 1만 9천 원으로 전신관리국에 납품하는 것보다 천원이 비쌌다.

"앞으로 더 많이 늘어날 것입니다. 사람들은 익숙한 것을 찾게 되니까요. 물론 제품의 품질이 가장 우선되어야 합니다."

공공기관과 국영기업에서 블루아이를 사용하다 보면 그곳의 직원들도 블루아이를 찾을 확률이 높았다.

"예, 검수절차를 한국보다도 더 철저하게 하고 있습니다."

함께 차를 타고 가는 박경수 차장의 말이었다.

"잘하고 계십니다. 레드아이의 생산 일정은 잡았습니까?"

한국에서 큰 인기를 끌고 있는 레드아이는 가격이 높아 현지 생산을 블루아이보다 늦게 시작했을뿐만 아니라 수량도 적었다.

"예, 부품이 공급되는 20일부터 생산에 들어갈 예정입니다."

블루아이보다 기능이 더욱 다양한 레드아이는 소득이 빠르게 늘고 있는 상하이에 공급될 예정이다.

상하이는 작년보다도 더욱 달라진 모습이었다. 새롭게 완공되어 들어선 고층빌딩들 옆으로도 계속에서 공사가 진행 중이었다.

완공된 빌딩들에 속속들이 입주하고 있는 외국 기업들은

저가의 중국제 전화기보다는 성능과 기능이 우수한 제품을 찾았고, 레드아이가 그에 적합했다.

"판매점들에 대한 공급은 어떻게 되었습니까?"

"상하이에 있는 열 개의 대형 가전 판매점에 우선 공급하기로 했습니다. 납품을 해야 할 수량이 적지 않아서 생산일정을 조율해야 할 것 같습니다."

"제가 생각했던 것보다 자리를 더 빨리 잡아가네요."

좋은 제품을 개발하고 생산도 중요했지만, 판로가 없다면 무용지물이었다.

블루오션상하이는 중국에 진출한 다른 회사들처럼 생산비 절감을 위해서 중국 현지에 세워진 회사가 아니었다.

현지 판매가 주 목적이었고, 부가적인 것은 다른 나라로의 수출이었다.

이런저런 이야기를 나누는 사이 현지 공장을 짓고 있는 건설현장에 도착했다.

박경수 차장이 차에서 내리자마자 공사현장을 안내했다.

"주 공장은 다음 달 초면 공사가 모두 끝이 납니다. 직원들 기숙사와 편의시설도 2월 말까지 마무리 지을 예정입니다."

상하이는 한국보다는 덜 추운 날씨였지만 쌀쌀한 기운이 느껴졌다. 공장 내부에서는 마무리 공사가 한창 진행 중이었다.

"3월이면 공장 세팅이 모두 끝날 수 있겠습니다."

"예, 3월 초에 생산 장비들을 옮겨오면 말쯤에는 생산이 이루어질 수 있을 것입니다."

현재 블루아이 전화기 생산은 임대한 건물에서 이루어지고 있었다.

"인원수급과 교육은 어떻게 진행할 예정입니까?"

블루오션상하이의 공장이 완공되면 그 이후에는 지금보다 인원이 2배 이상 필요했다.

"인원수급에는 크게 문제 될 것이 없을 것 같습니다. 계속해서 새로운 인력들이 상하이로 몰려들고 있습니다."

옆에 있던 박용서가 대답을 했다. 베이징과 상하이를 비롯한 대도시로 지속해서 농민공들이 몰려들었다.

도시마다 늘어나는 인력을 다 수급하지 못할 정도로 사람들이 많았다.

"생산교육은 현지 임대한 공장에서 이루어질 것입니다. 그곳에서 일정 기간 수습을 거친 후에 본 공장에 투입할 예정입니다. 그래서 2개월간 더 임대한 공장을 유지할 계획입니다."

임대한 현지 건물에서 공장이 철수하면 일부분은 상하이 사무실과 판매 전시장으로 활용할 생각이었다.

상하이 시에서 1시간 정도 떨어진 곳에 공장이 자리 잡고 있어서 상하이 시에도 연락사무실이 필요했다.

"그렇게 하십시오. 앞으로 생산량이 더 늘어날 것에 대비한 생산계획도 마련해 놓으십시오."

"예, 준비해 놓겠습니다."

중국의 통신망에 대한 투자가 계속되고 있었고, 미국에 의한 베트남의 금수조치가 이루어진 상황에서 베트남 또한 중국과 같은 길을 걸어갈 것이다.

중국에도 일본과 대만 등의 회사와 합작해서 전화기를 생산하는 곳이 많았지만, 덩즈팡과 장몐헝의 직접적인 후원을 받는 블루오션상하이와는 비교할 수는 없었다.

**Chapter 4**

　블루오션상하이 공장 방문 후 곧장 소빈뱅크 상하이 지점으로 향했다.

　프랑크푸르트와 뉴욕에 이어서 개설된 상하이 지점은 푸둥지구의 개발과 신주택 단지개발 사업에 따른 투자와 대출업무를 진행하고 있었다.

　소빈뱅크 상하이 지점이 자리 잡은 황푸 강변의 와이탄 지역은 앞으로 이국적이고 웅장한 건물이 들어섬과 동시에 각국의 은행, 보험사 등 금융기관뿐만 아니라 고가의 수입 명품 숍과 고급 레스토랑 등이 들어서게 된다.

아직은 개발지역들이 일부 시가지만 조성됐을 뿐 광활한 땅이 끝없이 펼쳐져 있는 상태였다

푸둥지구 개발로 상하이로 사람들과 기업이 몰려들자 주거난이 더욱 심화되고 있었다.

상하이의 주택난은 어제오늘 일이 아니다. 19세기 말 주변 지역의 혼란을 피해 조계(租界)로 사람들이 모여들기 시작하면서부터 상하이는 중국에서 인구가 가장 많은 도시이자 거주 밀도가 가장 높은 도시가 됐다.

조계는 주로 개항장에 외국인이 자유로이 통상 거주하며 치외법권을 누릴 수 있도록 설정한 구역이다.

현재 상하이의 인구는 1250만 명이 넘어서고 있으며 1995년에는 1300만 명에 이를 것으로 보고 있었다.

이런 상하이의 인구증가 추세는 꾸준히 늘어 2015년에는 2400만 명으로 늘어날 것이다.

소빈뱅크 상하이 지점은 이 점을 파악한 후 건물과 토지 투자에 중점을 두었다.

"현재 상하이시 2곳의 고층아파트 개발과 와이탄의 J빌딩건설에 투자를 진행하고 있습니다."

소로킨은 상하이시 전체가 표시된 지도를 보며 말했다.

91년부터 경제특구로 지정되면서 개발이 시작되었지만, 올해부터가 더욱 활발한 도시개발이 이루어지고 있었다.

상하이 시의 도시재개발의 열풍 속에 시의 중심가에 낡은 이농주택들이 대부분 철거되기 시작했고 고층아파트 건설이 시작되었다.

대부분 1930년대 이전에 지어진 이농주택의 실내는 비좁고 어두워 보통 토끼굴로 불리며 건물 밖에 있는 공동화장실을 이용했다.

"문제 될 만한 점은 없습니까?"

"예, 수요가 주택과 일반 오피스에 수요가 가파르게 증가하고 있어서 건물과 아파트가 완공되는 대로 팔려 나가고 있습니다."

소로킨의 말처럼 상하이로 몰려드는 것은 농민공뿐만이 전 세계 자본가들과 주요회사들도 앞다투어 몰려들었다.

연평균 10%가 넘는 고도성장세를 구가하는 중국에서도 상하이는 더욱 높은 성장률과 소득을 올리고 있었다.

하지만 나는 중국에 대한 기술적인 투자는 블루오션상하이로 끝낼 생각이다.

닉스홀딩스와 룩오이NY의 모든 역량은 신의주 특별행정구로 향해 있었다.

중국을 다시 찾은 이유는 전 세계 희토류 금속의 95%를 생산하게 되며, 매장량도 세계의 60%를 차지하는 중국 희토류의 선점 때문이었다.

나는 녹색 광물로 불리는 리튬, 코발트, 희토류를 미리 확보할 생각이다. 전기차를 필두로 태양광, 풍력 등에 이르는 그린에너지 시장 성장의 핵심원료가 리튬, 코발트, 희토류이기 때문이다.

이들은 미래핵심산업에 있어 꼭 필요한 자원이었다.

리튬은 칠레와 아르헨티나에서, 희토류는 중국, 코발트는 콩고민주공화국 등에서 80% 이상을 생산한다.

지금은 기술발전이 이루어지지 않아 국제적으로 크게 수요가 없는 상황이었기에 각 나라의 주요광산을 손에 넣을 수 있는 절호의 기회이기도 했다.


덩즈팡의 소개로 국영광업기업인 오광(五鑛)의 사장 탕인슈안을 만났다.

오광은 국영기업이기 이전에 중국의 중앙기업이었다. 중앙기업이란 중앙정부 직할의 대형국영기업으로 중국에는 지방정부 산하의 국영기업이 많지만, 중앙기업은 122개사밖에 없다.

사십 대 후반인 탕인슈안은 저장대에서 화학을 가르쳤던 교수이기도 했다. 그는 별도로 지인과 합작으로 희토류를 채굴하는 광산회사인 쟝시따밍(江西大明)을 개인적으로 운영하고 있었다.

중국에서 희토류의 주요 산지는 내몽고 자치구와 쟝시성(江西省)이다.

　희토류는 원소기호 57번부터 71번까지 라틴계 원소 15개와 21번 스칸튬, 그리고 39번인 이트륨 등 총 17개 원소를 말하며, 자연계에 매우 드물게 존재하는 금속 원소다.

　중동에 석유가 있다면, 중국에는 희토류가 있다는 말을 1992년 중국의 최고지도자 덩샤오핑(鄧小平)이 했을 정도로 희토류는 향후 중국의 전략자원으로 성장한다.

　희토류는 컴퓨터, 스마트폰, 카메라, 모니터, 하이브리드 자동차는 물론 주변에 빛을 내는 모든 물체에 희토류가 들어간다고 생각하면 된다.

　하지만 지금은 TV브라운관, 원자로제어재, 인공보석, 통신기기, 초전도재료 등에 활용되고 있었다.

　"말씀 많이 들었습니다. 탕인슈안이라고 합니다."

　"반갑습니다. 강태수라고 합니다."

　나는 탕인슈안과 악수를 하며 반갑게 인사를 나누었다. 그는 중국에서 드물게 희토류의 경제적 가치와 그 값어치를 바로 알고 있는 인물이었다.

　하지만 중국은 희토류 금속을 원광석으로부터 분리 및 정제하는 기술을 가지고 있지 않았다.

　희토류의 분리 및 정제기술은 상당히 복잡할 뿐만 아니

라 처리비용도 일반 금속보다 훨씬 높았다.

희토류는 화학적 성질이 매우 안정적이고 전도율이 높으며 전기적·자성적 성질이 뛰어난 것이 최고의 장점이다.

그러나 화학적, 물리적 성질이 비슷해 분리하기가 매우 까다롭다. 또한 방사성 물질이 혼합된 경우가 대부분이어서 채취하기가 쉽지 않았다.

분리 및 정제기술은 미국, 프랑스, 일본 등 일부 서방 선진국과 러시아가 소유하고 있었고, 각국은 전략적인 측면에서 기술이전을 극도로 꺼리고 있었다.

그러나 나는 이미 러시아에서 분리 및 정제기술을 입수한 상태였다.

"저희 회사에 투자를 하고 싶으시다고 들었습니다."

"예, 제가 희토류에 대한 관심이 많아졌습니다. 희토류가 한국과 중국 시장은 물론이고 세계시장으로도 확대되고 있지 않습니까?"

1994년 현재 희토류 관련 제품의 세계시장 규모는 연간 9천억 원이다. 국내의 희토류 수요는 산화물 기준으로 750억 원에 달했고, 매년 20% 이상 증가하고 있었다.

한국은 전량을 수입해서 쓰고 있었다.

희소한 이라는 이름이 붙었음에도, 지질학적인 의미에서는 희토류 광물들이 널리 쓰이는 금속들인 구리, 아연, 니켈, 납과 비교하면 더 풍부하다.

그러나 희토류는 대체재가 없다는 점과 경제의 여러 분야에 미치는 결정적 중요성, 그리고 소수 몇몇 국가에서만 생산된다는 점 때문에 미국, EU, 일본, 한국에서 가장 중요한 광물 목록으로 처리되고 있다.

한국에도 희토류 원광석의 부존량을 2760만 톤으로 추정하고 있었지만, 0.6~0.65% 정도가 섞인 광석은 품위가 낮아 경제성이 떨어져 개발가치가 없었다.

희토류가 경제성을 갖추려면 품위가 2% 이상 되어야 한다. 품위(品位)는 광석 중에서 유용원소의 함유량을 말한다.

"맞는 말씀입니다. 해가 갈수록 희토류의 수요는 국제적으로 더욱 늘어날 것입니다."

탕인슈안의 말처럼 기술발전에 따른 희토류의 수요는 빠르게 늘어날 것이다. 하지만 지금은 그만한 수요가 없었고, 다른 나라에서도 희토류를 생산하고 있었다.

문제는 희토류 광산과 정련공장에서 발생하는 환경오염이 크다는 점이다. 1980년대까지만 해도 세계 최대 공급지는 미국이었다. 캘리포니아 주의 마운틴 패스는 1990년대 초까지 전 세계 희토류 생산량의 50%를 전담했다.

환경 문제는 마운틴 패스의 폐쇄에 결정타가 됐다.

이 틈을 비집고 상대적으로 환경오염에 느슨한 중국이 희토류 채굴에 열을 올렸다.

"그러한 관점에서 저희는 쟝시따밍에 5백만 달러를 투자할 용의가 있습니다."

쟝시따밍은 현재 경영이 썩 좋은 편이 아니었다.

광산 주변의 인프라 구축이 탕인슈안이 예상했던 것보다 늦어지고 있었다.

현재 도로와 철도와 연관된 교통인프라 구축이 동부연안 지역에 먼저 중점적으로 진행되고 있었다.

쟝시따밍이 자리 잡고 있는 융펑현 지역의 물류비용이 다른 지역보다 높아지자 보다 교통이 편리하고 가격이 저렴한 지역의 희토류가 일본으로 수출되고 있었다.

"5백만 달러라고 하셨습니까?"

탕인슈안은 놀란 눈을 하며 내게 물었다. 5백만 달러는 현재 쟝시따밍에 있어서 가뭄의 단비와도 같은 큰 금액이었다.

"대신 오광기업에서 소유하고 있는 내몽고지역의 희토류 광산을 인수하고 싶습니다."

중국 북서부 내몽고 바오터우시 외곽에는 희토류를 처리하는 공장들 상당수가 들어서게 된다.

하지만 아직은 내몽고지역과의 물류수단과 교통망이 확

보되지 않아서 활발하게 희토류를 채굴하지 않고 있었다.

"내몽고는 아직 그다지 움직임이 없습니다. 차라리 쟝시성 쪽이 낫지 않겠습니까?"

그가 60%의 지분을 가지고 있는 쟝시따밍도 쟝시성에 있었다. 쟝시성보다 내몽고 지역의 원광석과 다양한 희토류가 함유한 토양의 품위가 더 높았다.

또한 희토류가 중국인들에게 중요하게 인식되고 돈이 된다는 사실이 알려지자, 2000년부터 쟝시성 등 중국 남부 산지에서 농민들이 생계를 위해 마구잡이식으로 채굴하여 가격을 떨어뜨렸다.

이렇게 체계적이지 못한 개발의 진행은 공급이 수요를 크게 웃돌게 되어 덤핑사태까지 발생시켰다.

결국 가격 하락을 초래했고, 해외 희토류 광산들의 채산성을 악화시켜 문을 닫게 만들었다.

그 결과 중국산 희토류 비중을 90% 이상 높여놓았지만, 중국은 오랫동안 국제시세에 대한 가격 결정의 주도권을 장악하지 못했다.

더구나 선진국은 중국으로부터 저가의 수입한 희토류를 가공하여 부가가치를 높여서 중국에 다시 고가에 수출했다.

"아닙니다. 조금 시간이 걸리더라도 좀 더 양질의 희토류를 들려오고 싶습니다."

"하하하! 강 회장님께 조사를 많이 하신 것 같습니다. 바우터우에 있는 광산의 질이 최고이긴 합니다."

탕인슈안은 덩즈팡에게서 내가 닉스홀딩스의 회장이라는 것을 들었다.

하지만 내가 선택한 내몽고 지역의 광산은 2000년대 이후부터 본격적인 개발에 들어갔다.

"하지만 아직은 그다지 유용가치가 없는 곳인데……."

탕인슈안은 내 말에 고개를 살짝 갸우뚱하며 말했다.

내몽고 지역의 바우터우 광산은 한마디로 주변에 아무것도 없었다. 주변 인프라가 갖추어지기에는 10년으로도 부족한 일이었다.

현재 중국은 동부 연해지역 발전에 중점을 두고 있었고, 내몽고가 포함된 서부대개발전략은 2000년 후부터 중국 정부 주도로 진행했다.

서부대개발전략은 중국이 1978년 이후 연해지역을 중심으로 개혁개방을 추진한 결과 그 부작용으로 나타난 지역 간 발전 격차의 문제를 해소하고 낙후된 서부지역을 발전시켜 국가 균형발전을 이루기 위해 추진한 지역개발전략이다.

1차 준비단계가 2000~2010년간 인프라를 확충과 함께

시장시스템을 확립하고, 생태환경을 개선하는 등 경제발전의 기반을 조성하는 작업이었다.

이를 위해 2011년까지 총 3조 6,850억(620조) 위안이 투자되었다.

이를 바탕으로 도로망과 철도망이 구축되고 주요 거점지역이 교통 허브로 자리 잡는 등 교통 인프라가 크게 확충되었고, 에너지와 자연자원 공급망이 완비되었다.

한마디로 현재가 아닌 모두 미래에 일어나는 일이었다.

"물론 아직은 투자가치가 낮습니다. 저는 현재보다 미래의 가치에 투자하는 성향입니다."

바우터우 광산을 선점하려는 것은 중국에서 가장 품위가 좋은 희토류 광맥이 별도로 지하에 매장되어 있기 때문이다.

광산을 생산하는 과정에서 발견된 또 다른 희토류 광맥은 자성을 띤 희토류였다.

자성을 띤 희토류는 세계의 총 희토류 생산량의 4분의 1에도 미치지 못하지만, 전체 값어치의 80% 이상을 차지한다.

희토류 산화물의 생산은 2015년에 12만 4천 톤으로 현재 시세로는 약 20억 달러어치다.

1990년대 중반 이후로 중국은 97% 이상을 공급하는 희토류의 주요 공급처인 동시에 70%를 소비하는 소비처로의 역할을 했다.

2010~2011년의 희토류 가격 폭등으로 인한 파동 이후에 중국 밖에서의 새로운 희토류의 지질학적 조사와 생산, 그리고 재사용 기술에 수십억 달러의 투자가 이루어졌다.

중국산 희토류의 독과점을 막기 위한 일이었다.

"하하하! 강 회장님께서는 저희 중국인의 성향과 비슷하시군요. 한데 어쩌지요, 바우터우 광산은 저희 오성에 있어 미래에 대한 포석과도 같은 곳입니다."

쉽게 협상이 이루어지지 않을 것이라고 예상했었다.

"물론 그러시겠지요. 그 미래도 이익이 발생해야지만 포석이 될 수 있지 않겠습니까?"

"그러면 강 회장님께서는 이익이 발생하지 않은 곳을 왜 원하십니까?"

탕인슈안은 역으로 질문을 해왔다.

"저는 이익을 만들 수 있는 자본과 기술을 가지고 있습니다."

"희토류의 분리 및 정제기술을 가지고 계시다는 말씀입니까? 한국은 아직 그 기술을 개발하지 못한 것으로 알고 있는데요."

내 말에 탕인슈안은 놀란 표정으로 물었다.

"말씀을 드리지 않았지만 제가 한국에만 기업을 운영하는 것이 아닙니다. 러시아에도 몇 개의 기업들을 소유하고 있습니다. 그 기업 중 하나가 희토류 처리기술을 가지고 있습니다."

"허허! 이런, 제가 미처 알지 못했습니다."

내 말에 탕인슈안의 표정이 달라졌다. 희토류의 고부가가치로 탈바꿈하는 분리 및 정제기술이 있는 것과 없는 것은 차원이 달랐다.

"제가 쟝시따밍에 투자하려는 이유도 희토류를 처리해서 중국에 다시 공급할 계획을 하고 있기 때문입니다. 향후 중국도 산업 발전에 필요한 희토류 산화물의 공급이 많이 늘어날 것입니다. 지금도 비싼 가격에 미국과 일본으로부터 들여오고 있지 않습니까? 저희와 계약을 하시면 다른 나라보다 저렴한 가격에 공급받을 수 있습니다. 중국 내 공급권을 탕인슈안 대표님께 드리겠습니다."

신의주 특별행정구 내에 희토류를 분리 및 정제할 수 있는 공장을 올해 지을 예정이다.

퀄컴과 합작으로 지어지는 반도체공장에서도 희토류의 공급이 필요했다.

내 말에 탕인슈안은 고민하는 모습을 보였다. 그가 개인적으로 희토류 공장을 세운 것도 돈을 벌기 위해서였다.

희토류는 전 세계 9500만 톤이 매장돼 있는 것으로 알려졌고, 중국 내 매장량은 전 세계 매장량의 약 36%에 이르는 3600만 톤에 이른다.

"지금 당장 답을 드리기는 힘들 것 같습니다. 충분히 검토한 후에 연락을 드리겠습니다."

"예, 그렇게 하십시오. 대신 제가 중국을 떠나기 전까지 답을 주시면 고맙겠습니다."

"알겠습니다. 연락 드리겠습니다."

량인슈한은 고민을 안고 자리를 떠났다. 그의 선택에 따라서 희토류의 수입처가 러시아로 바뀔 수도 있었다.

문제는 러시아가 희토류의 채굴이 중국보다 힘든 환경 여건이라는 점이다.

하지만 내가 제시한 조건은 탕인슈안에게는 거절할 수 없는 달콤한 제안이었다.


호텔에서 바라보고 있는 상하이는 아직도 옛 모습이 남아있었다.

과거 영국과 프랑스풍의 건물들이 남아 있는 조계지역 근처에 있는 호텔을 잡았다.

조계는 1845년 영국인 거류 지역으로 처음 개설되었고, 미국에 이어 프랑스인 거류 지역으로 점차 늘어났다.

상하이의 조계는 물론 서구가 무력으로 중국을 압박하여 얻어 낸 전리품이었다.

눈앞에 보이는 조계지역은 전적으로 외국 권력과 자본에 의해 조성된 공간이었고, 기본적으로 중국이 아닌 서구적 표준에 맞춰진 도시 공간이었다.

이젠 그 뒤편으로 수많은 빌딩들이 들어서고 있었다.

"이제부터 본격적으로 중국이 꿈틀대기 시작했어……."

서방세력에 밀려 1842년 남경조약에서 규정된 다섯 개항장 가운데 하나이던 상하이는 새로운 생기를 회복하고 있었다.

상하이의 랜드마크라고 할 수 있는 동방명주타워도 올해 완공될 예정이다.

그 주변으로 하늘로 솟구치는 마천루들이 앞다투어 올라가고 있었다.

허허벌판뿐이던 풍둥도 1991년 황푸장을 연결하는, 전체 길이 8,346m의 난푸대교가 개통되면서 활기차게 개발이 진행되고 있었다.

"신의주도 상하이처럼 변화하지 않는다면 중국의 야욕을 막을 수 없겠지……."

중국은 경제적인 성공을 거둔 후부터 2002년 동북공정을 통해 중국 국경 안에서 전개된 모든 역사를 중국 역사로 만들기 위한 시도를 시작했다.

동북 3성인 헤이룽장성, 지린성, 랴오닝성은 바로 고구려와 발해의 근거지였다.

중국이 동북공정이라는 역사 왜곡을 하는 이유는 간도의 영유권을 주장하기 위해서였고, 민족의식과 회귀의식이 강한 조선족의 분리독립을 감지했기 때문이다.

다시 말해 남북통일 이후 조선족의 이탈과 국경선 분쟁을 방지하기 위한 것이 가장 큰 목적이었다.

중국은 자국 내 소수민족의 분리독립을 가장 두려워했다.

중국의 경제발전은 필연적이었지만, 그로 인해 파생된 여파가 남북한에 불리하게 작용하는 것을 어떻게든 막고 싶었다.

"후후! 애국자는 아니지만 먹고살 만하니까, 나라와 민족을 생각하게 되는구나."

나 자신이 기특하다는 생각은 하지 않았다.

좁은 곳에 머물지 않고 많은 나라를 다니다 보니 나도 모르게 각 나라와 우리나라를 비교하게 되었다.

서로 간의 다른 점과 그에 따르는 장단점이 눈에 들어왔을 뿐만 아니라 지금보다도 삶의 질이 나아질 수 있는 방법도 보였다.

처음에는 나와 가족들의 삶의 질을 바꾸어야겠다는 생각이 넓어져 회사 직원들과 그 가족들로 확대되었고, 이젠 나라와 민족까지 염려하는 지경에 이른 것이다.

뻔쩍거리는 빌딩들 위에 설치된 경고등이 마치 앞으로 휘몰아쳐 올 대한민국의 위기를 말해주는 것만 같았다.


탕인슈안은 정확하게 이틀 후에 연락을 취해 왔다. 그는 내가 제시한 조건을 받아들였다.

알고 보니 탕인슈안은 오광(五鑛)의 대표직에서 사임 압력을 받고 있었다.

급격하게 변해가는 중국의 경제 상황처럼 국영기업들도 변화의 물결 속에 처해 있었다.

오광의 대표에서 물러나면 쟝시따밍(江西大明)의 경영에 매진할 계획을 세우고 있었다.

새로운 활력소가 필요했던 쟝시따밍에게 있어 오백만 달러는 꼭 필요한 투자자금이었다.

"좋은 결정을 내려주셔서 감사합니다."

"서로에게 좋은 결과물인 것 같아서 결정했습니다. 가격은 유선상으로 얼핏 말씀드린 것처럼 오천만 달러로 책정했습니다."

바우터우 광산의 미래의 값어치를 환산하면 지금의 금액

에 100배 이상이 될 수도 있었다.

하지만 난 오천만 달러를 다 지급하면서까지 사고 싶은 생각은 없었다.

향후 중국의 중앙정부가 바우터우 광산의 값어치를 알게 되면 어떤 식으로든지 광산개발에 딴지를 걸 수 있었다.

중국은 러시아와 여러모로 모든 여건과 환경이 달랐다.

"가격을 너무 높이 부르신 것 같습니다. 광산의 개발 여건이 조성되려면 솔직히 10년이 지나도 힘든 상황이지 않습니까?"

"물론 여건이 조성되지 않은 것은 맞습니다. 하지만 향후 잠재적 값어치를 따지면 오천만 달러는 아주 싼 값이 될 수 있습니다."

만면에 미소를 지으며 말하는 탕인슈안의 말은 틀린 말이 아니었다.

"글쎄요, 아무리 저도 잠재적 값어치를 보고 투자를 한다고는 하지만 오천만 달러는 결코 적은 돈이 아닙니다. 이 돈으로 중국의 다른 곳에 투자를 한다면 더 좋은 상황을 만들 수 있습니다. 이미 저는 장멘헝대표님에게 투자를 진행하고 있습니다."

일부러 장쩌민 국가주석의 아들인 장멘헝의 친분을 드러냈다.

"음, 그러면 어느 정도를 생각하십니까?"

장멘형의 이름이 나오자 탕인슈안의 표정이 살짝 달라지는 것이 보였다.

"제가 생각할 때는 삼천만 달러가 적합한 것 같습니다. 저희가 광산개발에 투자해야 할 돈도 만만치 않을 것입니다. 더구나 내몽고 자치 정부와도 개발에 따른 협상을 진행하려면 별도의 자금을 준비해야 하지 않겠습니까? 대신 장시따밍에 백만 달러를 더 투자하겠습니다. 그리고 이건 상하이에 있는 소빈뱅크의 현금카드입니다. 미화로 삼십만 달러가 들어 있습니다."

난 탕인슈안에게 확실한 카드를 추가했다. 삼십만 달러는 그가 현재 받고 있는 월급을 평생 모아도 모을 수 없는 금액이었다.

"하하하! 절 난처하게 하시군요. 좋습니다, 대신 저도 조건을 하나 더 걸겠습니다. 바우터우와 함께 우기 광산도 인수하시지요."

우기 광산은 바우터우에서 12㎞ 정도 떨어진 곳에 자리 잡고 있었다.

희토류 광산이었지만 바우터우에 비해 원광석의 품위가 조금 떨어졌다. 또한 우기 광산 자체로만 개발하기에는 경제적인 가치도 떨어졌다.

바우터우와 우기 광산을 연계해서 개발하는 것이 적합했다.

"그럼 얼마를 원하십니까?"

"천오백만 달러만 주십시오."

적당한 가격이었다. 하지만 개발이 안 된 광산의 가격은 정하기 나름이었다.

"천이백만 달러로 하시고 미래를 위해서 이십만 달러를 현금으로 받으십시오."

"하하하! 강 회장님께서는 협상을 아주 잘하시는군요."

크게 만족스러운 웃음을 짓는 탕인슈안이었다.

돈을 싫어하는 중국인은 없었다. 중국 중앙정부의 고위 관료들뿐만 아니라 지방정부의 관료들까지 돈이 되는 사업에 관여하려는 경쟁이 심했다.

이러한 경쟁은 상당한 국영기업을 소유한 중국 군부도 마찬가지였다.

"서로에게 이익이 되는 협상을 진행했을 뿐입니다."

"맞는 말씀입니다. 오늘 강 회장님께 많은 것을 배웠습니다."

탕인슈안은 내게 오른손을 내밀어 악수를 청했다.

"하하하! 저도 대표님께 한 수 배우고 갑니다." 원했던 대로 협상은 이루어졌다. 난 룩오일을 앞세워 2곳의 광산을 계약할 것이다.

룩오일 정도 되는 기업이어야 앞으로 돌변할 수 있는 중국 정부의 에너지 정책에 대응할 수 있었다.

또한 한국 정부를 앞세우는 것보다 국제관계에 있어 더 큰 힘을 발휘하는 러시아를 전면에 내세우는 것이 더욱 유리했다.

희토류의 분리 및 정제기술이 발전할수록 룩오일의 소유가 된 바우터우 광산과 우기 광산은 값어치는 더욱 상승할 것이다.

# Chapter 5

중국에서의 모든 일정을 마치고 한국으로 돌아왔다.

나를 기다리고 있던 김동진 비서실장이 공항에서 날 맞이했다.

"세기건설에서 재개발사업과 연관된 서류들을 입수해서 검토를 끝마쳤습니다. 사정기관에 넘기면 세기건설과 재개발조합 관계자들이 구속되기에 충분할 것입니다."

"수고하셨습니다. 한라건설과 묶어서 최종적으로 터뜨리시지요."

세기건설은 한라건설의 하수인에 불과했다. 한라건설의

목을 죄면 저절로 세기건설도 허물어지는 구조였다.

세기건설은 독자적으로 생존할 수 있는 회사가 아니었다.

"예, 준비하겠습니다."

"모임은 어떻게 되었습니까?"

"힐튼호텔에서 모이기로 했습니다. 지금 가시면 시간은 충분하십니다."

장인모와 신현석 의원을 만나기로 했다. 두 사람은 일송정이라는 정치모임을 주도하고 있었고, 그 모임에 새롭게 가입한 의원들을 함께 만나기로 한 날이다.

일송정은 연변조선족자치주의 용정시(龍井市) 서쪽으로 약 3km 떨어진 비암산(琵岩山) 정상에 있다.

원래 산 정상에 우뚝 선 한 그루 소나무로서 그 모양이 정자를 닮았다고 해서 붙여진 이름이 바로 일송정이다.

산 정상에 독야청청하게 우뚝 서 있는 소나무의 모습은 독립 의지를 고취하던 상징이었다고 한다.

일제강점기에 용정시는 독립운동가들이 활발하게 활동하던 곳으로 조국 독립을 위해 목숨을 바쳤던 애국지사들의 피가 맺힌 곳이다.

일제는 민족정신을 일깨우는 이 소나무에 위해를 가하여 1938년 결국 고사시켰다고 전한다.

"앞으로 이 나라의 앞날을 위해서라도 올바른 정치를 하는 정치인을 후원해야 할 것입니다."

"예, 회장님의 뜻에 맞게 준비를 갖추어 놓겠습니다."

공항밖에 대기한 승용차를 타고 곧장 힐튼호텔로 향했다.

힐튼호텔의 프레지덴셜 스위트룸에 도착하자 일곱 명의 인물들이 날 반겨주었다.

프레지덴셜 스위트룸은 호텔에서 하나밖에 없는 90평의 큰 룸으로 회의실까지 갖추어져 있었다.

여야를 떠나 남북한의 평화통일과 간도를 되찾기 위한 모임인 일송정에 들어온 의원들이다.

또한 대한민국의 암적인 존재인 흑천의 세력과 친일파의 잔재를 청산하기 위한 모임이기도 했다.

다섯 명의 인물들을 선정하는 데는 신중에 신중을 기했고 많은 조사가 이루어졌었다.

"안녕하셨습니까?"

나는 장인모와, 신현석 의원 등과 함께 반갑게 인사를 나누었다.

"예, 회장님 덕분에 열심히 의정활동에 매진하고 있습니다."

장인모와 신현석은 시민단체가 뽑은 가장 건실하게 의정 활동을 하는 열 명의 의원에 선정되었다.

여기 모인 일곱 명 모두가 언론과 시민단체에 합격점을 받은 의원들이었다.

이들은 어떤 위치에 머물고 있든지 순수한 모습으로 한결같이 자신을 반듯하게 유지하며, 자신이 해야 할 일을 똑바로 알고 있는 사람들이다.

또한 앞으로 나아갈 미래와 현재의 세계 동향에도 주목하면서 이 나라를 위해 헌신하려 했다. 무엇보다 끊임없이 자신과 진지한 싸움을 계속하는 사람들이다.

희망이 보이지 않을 때도 아이처럼 절대 우는 소리를 내지 않고, 도움도 청하지 않은 채 삶의 무게를 이겨냈다.

이들의 삶은 어떤 궁지에 몰렸어도 조금이나마 올바르다고 생각하는 쪽으로 나아가려는 노력을 아끼지 않고 살아갈 인물들이다.

이것이 내가 이들과 함께하기로 한 이유이다.

"너무 열심이셔서 몸에 병이라도 나시면 어떻게 하시려고 그러십니까?"

장인모 의원은 학생을 가르칠 때보다도 더 열심을 내고 있었다. 국민이 내는 세금으로 녹봉을 받는다는 것이 결코 쉬운 일이 아니라며 밤낮을 잊은 채 일에 몰두했다.

"하하하! 강 회장님께서 염려하시는 만큼은 아닙니다. 자, 여기는 신영수 의원입니다. 이쪽은 박민호 의원……."

장인모는 자리에 함께한 의원들 한 명 한 명을 소개해 주었고, 난 그들의 손을 힘차게 마주 잡았다.

다섯 명 중 두 명은 나의 적극적인 지원으로 보궐선거에서 승리할 수 있었다.

나머지 세 명 또한 넉넉지 않은 살림살이 때문에 어려움과 유혹의 손길을 받아들일 뻔했던 사람들이다.

난 그들에게 자금을 지원했다. 엄밀히 말하면 일송정을 지원하는 것이다.

일곱 명의 의원들과 다양한 주제로 격의 없는 이야기를 나누었다.

주로 남북문제와 정의가 바로 서지 못한 이 나라에 대한 이야기였다. 다들 식견이 대단했고, 자신에게 맡겨진 일에 대한 사명감이 투철했다.

나이를 떠나 그들에게서 뿜어져 나오는 반짝이는 기운들에서 살아 있다는 생명력의 느낌을 받았다. 한마디로 자연의 야생동물에 버금가는 기운과 터져 나갈 듯한 젊음을 가진 사람들이었다.

"강 회장님께서는 앞으로 이 나라의 미래를 어떻게 보십니까?"

신영수 의원이 던진 질문이었다. 그는 인권변호사 출신이다.

"음, 참 쉽게 말할 수 없는 질문입니다. 솔직하게 말씀드리면 이 나라의 장래는 그다지 밝지 않습니다."

내 말에 신영수뿐만 아니라 다른 여섯 명의 의원들의 짧은 신음이 들려왔다.

"왜 그렇게 보시는지 여쭤봐도 되겠습니까?"

광복회 출신인 신현석 의원이 물었다.

"그건 이 나라와 이 땅에 올바른 정의를 바로 세우겠다고 모인 의원이 고작 일곱 명밖에 없다는 것이 가장 큰 문제입니다. 다른 하나는 정의를 내던지고 불합리와 왜곡된 역사를 강요하는 정치세력에 가담한 인물들이 우리보다 몇 배가 아닌 몇백 배나 많다는 것입니다. 거기에 협조하는 경제인들과 언론을 합한다면 더 암울하지요. 더구나 이 나라가 하나 되지 못하게 하는 주변 강대국들의 견제까지 본다면 솔직히 답이 나오지 않습니다."

"그럼 어떻게 해야 합니까? 그냥 이대로 주저앉아 암울한 미래를 받아들여야 합니까?" 교수 출신인 장인모 의원이 던진 질문이었다.

"아닙니다. 빛이 사라지고 어둠만이 있다고 해도 싸워야 합니다. 그러기 위해 저와 여러분이 선봉장처럼 이 자리에 모인 것입니다. 여러분들은 지금까지 살아온 방식대로 정치권에서 싸우십시오. 그러다 보면 저를 비롯한 여기 계신 분 모두가 지치고 쓰러질 수도 있을 것입니다. 또한 우리를 암적으로 생각하는 세력에게 테러를 당할 수도 있습니다. 하지만 그래도 끝까지 싸워 이 나라가 조금이나마 살기 좋은 나라가 될 수 있도록 해야 합니다. 지금은 답이 보이지 않더라도 버티고, 또 기다리면 분명 기회가 올 것입니다. 여러분께 아직은 말씀드리지는 못하지만, 이 나라 전체가 흔들릴 때가 곧 올 겁니다. 그때가 저나 여러분들에게 큰 기회가 될 수 있습니다. 위기가 기회이듯이 말입니다."

나의 말에 일송정에 몸담기로 한 일곱 명 의원들의 표정이 비장해졌다.

암울한 미래를 있는 그대로 받아들일 수 없었다.

꿈과 희망이 사라진 사회와 나라에서 살아갈 수는 없었다. 내가 이곳에 있는 한 올바른 정의와 꿈이 있는 나라로 만들고 싶었다.

그러긴 위해서 난 어떤 일이라도 할 각오가 되어 있었다.

알 수 없는 전능한 힘이 나를 과거로 오게 한 목적처럼……

\*　　　\*　　　\*

박명준은 잔에 위스키를 단숨에 들이켰다.

"크! 한잔 더."

"요새 무슨 일 있으세요? 하지 않으시던 과음을 다 하시고요."

빈 잔에 위스키를 따르는 여인은 박명준이 가끔 들리는 고급 바인 메종의 여사장이었다.

그녀의 이름은 김소정으로 아무리 많이 보아도 20대 중반밖에 보이지 않았지만, 올해 나이는 32살이었다.

"후! 쉽지가 않네."

"회사 일이요?"

"후후! 나름 한다고 해왔는데 말이야."

"누구보다 열심히 해오셨잖아요. 회사에서 능력도 인정받으시고요."

5년간 박명준을 봐 왔던 김소정은 그가 대산그룹에서 어떻게 일해 왔는지 잘 알고 있었다.

"그래 왔었지. 한데 요즘 그게 흔들리려고 해."

"회장님께서 뭐라고 하시나요?"

대산그룹의 이대수 회장도 메종을 방문했던 적이 있었다.

"아니, 회장님이 아니라 그분의 아들이지."

"이중호 부장님이요? 그분하고는 친하시잖아요."

"그렇게 알고 있었지. 서로에게 믿음을 주었다고 생각했는데, 그게 아니더군."

"두 분이 무슨 안 좋은 일이라도 있으셨어요?"

박명준이 이렇게까지 우울해 보인 적이 없었다. 그 때문에 평소보다 김소정은 조심스러웠다.

"음, 안 좋은 일이라? 글쎄 생각하기 나름인데, 그 친구는 나와 같은 생각을 하지 않는 것 같아. 좋은 파트너라고 생각했는데 말이야."

다시금 위스키를 마시며 말하는 박명준의 모습은 쓸쓸해 보였다. 아마도 오늘 많은 술을 마실 것 같았다.

"더 드릴까요?"

"응, 소정 씨도 한잔하지그래."

"예, 저도 주세요. 대표님을 보고 있으니 오늘은 좀 마셔야 할 것 같네요."

평상시 술을 자제하던 김소정이 잔을 내밀었다. 많은 사람들이 메종을 찾아도 김소정과 술을 함께 마시지는 못했다.

메종에는 일곱 명의 직원이 있었고, 바에서 손님을 상대하는 네 명의 직원들이 손님들을 상대했다.

"이거 오늘 내가 소정 씨를 차지하게 되었네."

박명준은 김소정에게 위스키를 따라주며 말했다.

"맞아요. 오늘은 다른 분을 상대해 드리지 못할 것 같네요. 그러니까 오늘 고민을 다 풀고 가세요."

"후! 정말 풀렸으면 좋겠어."

박명준은 김소정의 말에 자신도 모르게 한숨이 나왔다. 대산에너지의 대표를 맡고 있지만 지금 회사에서 붕 뜬 느낌이었다.

박명준의 밑에 있는 직원들이 자신이 아닌 이중호를 더 따르고 있다는 느낌을 지울 수가 없었다.

자신에게 올라오는 보고서와 결재서류들도 이중호를 거치면서 조금씩 달라지고 있었다.

점점 더 이중호는 대산에너지에서 자신을 배제하려는 움직임이 노골적이었다.

\*         \*         \*

박명준이 만나고 싶다는 전화를 걸어왔다.

내가 생각했던 것보다 더 빠른 시간이었다.

하얏트 호텔에서 그를 만났다.

"다시 뵙게 되어 반갑습니다. 잘 지내셨습니까?"

"예, 한국에서 다시 뵈니 더 좋아지신 것 같습니다."

"하하! 한국에 있으면 마음이 편안하니까요. 자, 앉으시지요."

해가 지날수록 외국에서 지내는 시간이 점점 많아지다 보니 일 년의 절반 이상을 외국에서 보내고 있었다.

"닉스홀딩스를 새롭게 세우셨다는 이야기를 들었습니다. 국내도 본격적으로 사세 확장을 하시는 것 아닌지 모르겠습니다."

내가 러시아 제일의 회사로 우뚝 선 룩오일NY을 이끌고 있다는 것을 박명준은 잘 알고 있었다.

"좋은 사업 아이템이 있으시면 말씀해 주십시오."

"하하! 제가요? 오히려 강 회장님께서 제게 알려주셔야 할 것 같습니다. 회장님과 같은 안목을 가지신 분을 저는 지금껏 보지 못했습니다."

박명준이 필립스코리아를 맡고 있을 때부터 그는 블루오션을 이기기 위해 무던히도 노력했었다.

하지만 대산에너지로 자리를 옮겨가기 전까지 블루오션에서 개발된 제품을 넘어설 만한 제품을 만들어내지 못했다.

또한 제품을 판매하는 마케팅 방식에서도 블루오션을 따라오지 못했다.

그 모든 것이 내 머릿속에서 나왔다는 것을 박명준은 알고 있었다.

"과찬이십니다."

"아닙니다. 제가 대산에 몸을 담고 있지만, 솔직히 존경하는 이대수 회장님도 사업적인 부분과 경영 능력에서만큼은 강 회장님을 넘어서지 못합니다."

대산그룹을 10년 만에 재계서열 3위로 올려놓은 이대수 회장의 경영 능력은 자타가 공인하고 있었다.

하지만 박명준은 단시간 내에 러시아의 제일의 기업으로 성장한 룩오일NY의 이끄는 나를 누구보다 높이 평가하고 있었다.

"그렇게 평가해 주시니 고맙습니다. 한데 절 만나자고 하신 이유를 여쭈어봐도 되겠습니까?"

박명준이 날 만나자고 한 이유는 대충 감이 잡혔다.

"러시아에서 제게 말씀하신 제의가 아직 유효한지 여쭈어 보고 싶어서 만나 뵙자고 했습니다."

"물론입니다. 박명준 대표님께서 저와 함께하신다면 백만 대군을 얻은 거와 마찬가지일 것입니다."

"그렇게까지 생각해 주셨다니 감사합니다. 사실 요즘 고민이 많습니다. 대산과는 평생 함께할 것으로 생각했는데, 그게 요즘 많이 흔들리고 있습니다. 대산에너지의 선택이 올바른지……."

박명준은 내가 묻지도 않은 이야기를 꺼내놓기 시작했다. 처음 박명준을 만났을 때 그가 나에게 블루오션을 팔라는 제의를 했었다.

하지만 지금 상황이 백팔십도 바뀌어 내가 박명준을 영입하는 입장이 된 것이다.

박명준은 솔직하게 이중호와의 대립과 갈등을 나에게 말해주었다.

"더구나 강 회장님의 제의하셨던 말씀이 머릿속에서 떠나지 않았습니다."

그 갈등의 씨앗에 싹이 나도록 한 것은 어쩌면 나였을 것이다. 박명준의 말처럼 나의 영입 제의가 없었다면 그가 이렇게까지 흔들리지 않았을 것이다.

"음, 결정은 박명준 대표님께서 하시는 것입니다. 전 박 대표님에게 블루오션을 맡길 생각입니다."

내 말에 박명준의 표정이 달라졌다. 대산그룹 내에서 승승장구하던 그에게 아픔, 상처를 주었던 곳이 블루오션이었다.

"최종 거취를 내일까지 결정해서 연락을 드리겠습니다."

박명준은 확실한 결정을 미루는 느낌이었다. 대산그룹과의 관계를 쉽게 끊기는 힘든 일이기는 했다.

"예, 좋은 소식을 기다리고 있겠습니다."

박명준이 먼저 자리를 떠났다. 그는 오늘 이중호와 마지막으로 이야기를 나눌 예정이었다.

＊　　　＊　　　＊

박명준은 한때 이중호와 많이 찾았던 강남의 한 고급 요정을 찾았다.

러시아에서 한국으로 돌아온 순간부터 이중호와의 술자리가 없었다.

"오래간만에 오니까 좋네요."

이중호는 방안에 들어서자마자 입을 열었다.

"그렇게 말이야, 좋은 곳을 잘 오질 못했네."

박명준은 방 안에 있는 옷걸이에 외투를 걸어놓으며 말했다.

"우리가 바쁘긴 바쁜가봐요? 그리고 보면 술 한잔도 같이 하지 못한지도 꽤 된 거 같네요."

이중호는 말을 이렇게 했지만, 자신을 따르는 직원들과는 자주 술자리를 가졌다.

오히려 이중호가 박명준과의 술자리를 피했다.

"좀 더 여유를 가지고 일을 해야 하는데 말이야. 어떻게 할래? 이전처럼 마실까?"

"그러시죠. 애들은 나중에 부르고 일단 진하게 한잔하시죠."

"그래, 일단 한 병 비우고 시작하지."

이곳에서 술을 마실 때면 박명준과 이중호는 술이 거나하게 취한 후부터는 여자들과 함께 아예 팬티만 입고 술을 마셨다.

두 사람이 자리를 잡자 방안으로 한복을 곱게 차려입은 여인이 들어왔다.

"정말 왜 이렇게 오랜만에 오셨어요?"

여인은 박명준과 이중호를 잘 아는지 살갑게 말을 붙였다.

"후후! 일이 바쁘다 보니 그렇게 됐네. 늘 먹던 거로 한 상 차려 줘."

"애들은 바로 준비할까요?"

"아니야, 우선 술부터 주고 애들은 따로 이야기할게."

"예, 바로 준비해드릴게요."

여인은 짧은 눈인사를 한 후 방을 나갔다.

"요새 일은 잘되고 있어?"

박명준은 이중호에게 물었다. 이중호와는 일주일째 별다른 대화를 나누지도 않았었다.

이중호가 박명준을 피하고 있었다.

"그럭저럭 하긴 하는데, 이쪽 일이 생각처럼 바로 결과가 나오는 일이 아니잖아요."

"하긴 서류와 보고서를 붙잡고 있어도 이게 무슨 소리인가 하니까. 한데 말이야, 이번 탐사에 추가로 자금을 투입하는 게 좀 과하다고 생각하지 않아?"

박명준은 이중호가 진행하는 탐사지구에 필요 이상의 자금이 투입되는 것을 우려했다.

단기간에 실적을 내기 위해서인지 계획보다 3천만 달러를 더 추가하기로 한 것이다.

박명준은 막고 싶었지만, 이중호의 고집을 꺾을 수가 없었다.

"과하긴요. 생각 같아서는 1억 달러를 더 투입해서라도 확실하게 탐사 범위를 확대하고 싶은데요. 그나마 형님이 제동을 거시니까, 3천만 달러로 줄인 것입니다."

"초기에 너무 과도한 자금 투입이 아닐까?"

"형님, 그룹 차원에 대산에너지를 언제까지 밀어줄 것 같습니까? 길어야 2~3년일 것입니다. 그동안 성과를 내지 못하면 대산에너지는 솔직히 답이 없습니다."

이중호는 이른 시일 안에 승부를 보고 싶었다. 아니 아버지인 이대수 회장에게 당당한 모습을 보여주고 싶은 마음이 간절했다.

물론 그의 말처럼 그룹 차원에서 전폭적인 지원은 계속될 수는 없었다. 이익이 나오지 않는 회사에 무작정 돈을 쏟아부을 수도 없는 노릇이다.

더구나 한국기업들의 스타일상 단기간에 승부를 보는 사업에 투자하길 원했고, 대산그룹도 장기간의 투자를 원치 않았다.

"그렇다고 해도 너무 모험적으로 일을 벌이는 것은 문제가 될 수 있어."

"하하하! 우리 형님 정말 많이 약해지셨네요. 에너지기업의 승패는 시간과 돈입니다. 형님에게 부담 지게 할 생각 없으니까, 오늘은 일 이야기는 그 정도만 하시고 그냥 술이나 마시지요."

대산에너지의 대표가 박명준이었다. 실패의 책임은 회사를 책임지고 있는 대표에게 돌아갈 수밖에 없었다.

'음, 너무 서두르고 있어. 조급하면 실패하는 것이 원유 탐사인데…….'

이중호의 말이 떨어지기 무섭게 거하게 차려진 술상이 방안으로 들어오고 있었다.

두 사람은 술상이 들어온 이후부터 말없이 술을 주고받았다.

고급도자기에 담긴 문배주 두 병을 비울 때쯤 박명준이

입을 열었다.

"난 말이야, 솔직히 지금 맡고 있는 자리가 좀 부담스럽다."

"하하하! 형님 갑자기 뜬금없는 소리를 하세요."

"아니, 많이 생각했던 일이다. 나에게 맞지도 않은 옷을 입고 있는 기분이야. 솔직히 내가 알고 있는 분야도 아니고 말이야."

"형님이 그렇게 말씀하시니까, 저도 한마디 하겠습니다. 저도 형님이 좀 겉돈다는 느낌이 들었습니다. 예전처럼 날카로운 판단과 핵심을 꿰뚫어 보시던 형님이 아니라는 느낌 말입니다."

"음, 그래. 내가 좀 무뎌진 면이 생겼지. 자, 한잔 받아."

박명준은 술병을 들어 이중호에게 술을 따라주었다.

"그래서 말인데, 내가 회사를 떠나는 게 맞는 것 같아. 좀 쉬고 싶기도 하고 말이야. 몸도 예전 같지 않고."

술잔을 상에 내려놓으려던 이중호가 박명준의 말에 술잔을 들어 단숨에 목구멍으로 넘겼다.

'후후! 이제야 정신을 차렸군.'

"형님이 원하시면 말리지는 않겠습니다. 하지만 아버지가 허락하지 않을 겁니다."

"그건 내가 알아서 처리할 수 있어. 사실 내가 없어도 정이사가 있으니, 회사에 크게 문제 되거나 큰 어려움은 없을 거야."

박명준 밑에 있는 정준국 이사는 재무 쪽을 주로 담당했었다. 요즘 들어서 이중호와 더욱 친밀한 관계를 맺고 있었다.

"솔직히 요새 형님이 많이 지쳐 보이긴 했습니다. 이참에 좀 몸을 추스르시고, 다시 업무에 복귀하는 것도 나쁘지 않을 것 같습니다."

"그래 네 말이 맞다. 자, 그러면 애들 좀 부를까?"

"좋죠. 오늘은 정말 쓰러질 때까지 가보죠."

"좋아. 먼저 쓰러지는 사람이 술값을 내는 거야?"

"오늘 같은 분위기라면 제가 쉽게 질 것 같지 않은데요."

"알았어."

박명준은 자리에서 일어나 방문을 열고는 여자들을 불렀다.

그에게 있어 오늘이 이중호와의 술자리는 마지막이라는 생각이 들었다.


회사의 경영뿐만 아니라 개개인의 책임자가 하나의 부서를 운영하는 경우에도 모두가 인정하는 권위라는 것을 갖추고 거기에 따라서 일을 해나가고 있다.

경영자 자신의 인덕과 열의, 그리고 사명감을 가지고 일을 했음에도 불구하고 그걸 무시당하는 일을 겪는 것처럼 참기 힘든 일은 없다.

또한 회사에서 책임자들의 권위가 세워져야 능률적이고 효과적인 운영을 할 수 있다.

박명준은 지금까지 쌓아온 권위가 이중호로 인해서 무너졌다. 그 상실감이 그를 새로운 변화를 추구하게 한 것이다.

박명준에게서 함께하겠다는 연락이 온 것은 늦은 오후였다.

이대수 회장을 만나 대산에너지 대표 자리에서 물러나겠다는 의사를 전달했다고 전했다.

박명준은 모스크바 납치사건 이후 심신이 약해진 이유를 들어서 간신히 이대수 회장에게서 허락을 받아낸 것이다.

아직은 대산그룹에서 퇴사할 상황이 아니었다. 대신 장기간 휴가를 냈었고, 휴가 기간 중 사표를 제출할 계획을 갖고 있었다.

이대수 회장은 박명준을 쉽게 놓아주지 않을 것이다. 이대수 회장이 박명준을 대산에너지의 사장으로 내정한 것도 이중호의 부족한 경험과 업무 능력을 커버하기 위해서였다.

하지만 이대수는 박명준과 이중호와의 관계가 틀어질 것이라고는 예상치 못했다.

"예, 좋은 여행 되십시오. 갔다 와서 다시 뵙는 거로 하시지요."

박명준은 휴가 기간에 여행을 떠날 계획을 말해주었다. 그는 유럽을 거쳐 아프리카까지 돌고 올 예정이었다.

전화를 끊고 나자 다시금 달라진 환경이 눈에 들어왔다.

경쟁 관계에 있던 인물까지도 회사로 영입하게 될 줄은 사실 생각지도 못한 일이었다.

"이중호 덕분에 좋은 인재를 영입하게 되었어. 후후! 술이라도 한 번 사야겠군."

박명준은 시대의 흐름을 볼 줄 아는 인물이었다. 더구나 이번에 겪은 일과 여행을 통해서 분명 자신을 돌아보게 되는 계기가 되어줄 것이다.

자신을 아는 것만큼 무서운 것은 없었다.

Chapter 6

러시아에서 급하게 연락을 취해왔다.

알로사의 직원 두 명이 아프리카 중부 내륙에 위치한 자이르공화국(콩고민주공화국) 남쪽에 있는 샤바주의 룸부바시를 방문하던 도중 실종되는 사건이 발생한 것이다.

자이르공화국은 현재 정치적으로 혼란스러운 데다 경제적으로도 어려움을 겪고 있었다.

작년부터 정치적으로 안정되지 못하자 군인들의 폭동과 반란이 자주 발생하고 있었다.

자이르공화국은 독립 당시에는 콩고공화국이라고 하였

으나, 1964년에 콩고민주공화국으로, 1971년에 자이르공화국으로 변경되었고, 1997년 5월에 콩고민주공화국으로 다시 국명을 고쳤다.

면적은 234만 4858㎢, 인구는 7937만 5136명(2015년 현재), 수도는 킨샤사(Kinshasa)이다.

아프리카에서 3번째로 국토 면적이 큰 나라로 북쪽으로 중앙아프리카공화국·수단, 동쪽으로 동아프리카 대지구대(大地溝帶)의 호수를 사이에 두고 우간다·르완다·브룬디·탄자니아, 남쪽으로 고원지대를 사이에 두고 잠비아·앙골라, 서쪽으로 콩고와 국경을 접한다.

국토 대부분이 분지 내에 위치하며, 코발트(세계 산출의 50%), 다이아몬드(세계 산출의 20%) 등 광물자원이 풍부하고, 경작 가능 면적이 아프리카에서는 가장 넓다.

알로사의 두 직원도 다이아몬드의 거래를 위해서 자이르를 방문했었다.

작년 수도 킨샤사에서 발생한 군인들의 반란과 폭동으로 인해 프랑스 로필리페 베르나르 프랑스 대사가 사망하는 사태까지 벌어졌었다.

반정부시위가 연일 벌어지고 있는 자이르공화국은 점차 내전의 위기로 달려가고 있었다.

250여 개의 부족으로 이루어져 있는 자이르는 50% 이상이 반투(Bantu)족이며 공용어는 프랑스어와 4개 국어(링갈라어, 스와힐리어, 키콩고어, 씰루바어)를 주로 사용한다.

현재 프랑스와 벨기에의 군부대가 자국민의 보호를 위해 자이르공화국에 파견되어 있지만 많은 병력은 아니었다.

"현지 러시아 대사관에 도움을 크게 기대할 수 없는 실정입니다. 현지 치안을 담당하는 보안군들도 주요 도시의 반정부시위와 르완다 정부군과의 충돌로 동원할 수 없는 상태입니다."

모스크바에서 룩오일NY의 루슬란 비서실장이 서울로 급하게 날아왔다.

"러시아 정부는 뭐라고 합니까?"

"아직 뚜렷한 대책을 내어놓지 못하고 있습니다."

"누구의 소행인지는 추측하는 곳이 있습니까?"

"현지 치안 상황이 좋지 않게 되자 외국인을 노리는 강도들도 늘어나고 있습니다. 이번 일이 반군 조직에 의해서인지, 아니면 강도들의 소행인지는 아직 파악하지 못했습니다."

자이르공화국의 현지 정보가 너무 미비했고, 킨샤사에 있는 러시아 대사관도 뚜렷한 정보를 갖고 있지 못했다.

현지에서 정보를 담당하는 인물이 필요했다.

"코사크의 정보팀과 타격대를 자이르공화국으로 파견할

수 있도록 준비를 갖추도록 하십시오. 나 또한 자이르를 방문할 것입니다."

나 또한 자이르공화국을 방문할 계획을 세우고 있었다. 향후 전 세계 코발트 생산량의 50%를 차지하는 자이르공화국(콩고공화국)의 코발트 생산량은 독보적이었다.

현재까지 코발트의 전 세계 매장량은 1300만 톤으로 추정되는데, 자이르공화국에는 35%인 470만 톤이 매장되어 있는 것으로 파악되며, 쿠바(180만 톤)와 호주(170만 톤)에도 상당량이 매장되어 있다.

이 때문에 자이르공화국의 정치적 상황이 국제 코발트 시세를 좌우하는 주요 요인이 되고 있다.

코발트는 옛날부터 유리와 도자기의 푸른색을 내는 데 사용됐으며, 지금은 슈퍼합금, 내마모성 합금, 자석 합금, 안료, 리튬─이온 전지 등의 제조에 쓰일 뿐 아니라 화학공업의 여러 촉매에도 들어가는 등 다양한 산업에서 아주 유용하게 쓰이는 금속 원소이다.

"너무 위험한 곳입니다. 현지 치안도 불안해서 상황이 어떻게 돌변할지 모릅니다."

비서실장인 루슬란은 나의 안위를 걱정했다. 현재 자이르의 보안군과 정부군은 5만 명 수준이었다.

"현지에서 실종된 직원들의 안위를 위해서이기도 하지

만, 향후 룩오일의 사업에도 중요한 일이기 때문에 가려는 것입니다. 현지에 파견할 경호원의 수를 더 늘릴 수 있도록 조치하십시오."

광활한 아프리카의 중심부에 위치한 자이르(DR콩고)공화국은 자원의 저주(대규모 광물 자원을 가진 나라들이 만연한 부패와 갈등에 빠지는 현상)가 적용되는 나라다.

자이르공화국은 천연자원의 부국으로 50여 종류의 광물이 매장되어 있다. 대표적인 광물로는 주석, 코발트, 구리, 다이아몬드, 금, 은, 우라늄, 납, 아연, 카드뮴, 주석 텅스텐 망간, 콜탄 등의 풍부한 매장량을 보유하고 있다.

더구나 이곳의 자원들은 다른 나라들과 달리 양질의 광석들이었다. 실례로 구리 광석에는 구리가 30%까지 포함돼 있다. 그러나 우리나라의 광석에는 구리 성분이 1%, 칠레는 0.5% 미만이다.

하지만 2015년 유엔 발전 순위에서 188개국 중 176위를 차지한 콩고는 평균 수명 57세, 연 평균 수입 446달러에 불과한 나라다.

현재 자이르의 1인당 GDP는 고작 220달러다.

또한 앞으로 수십 년 동안 지속되는 내전으로 인해서 수십만 명이 사망하고, 수백만 명의 이재민과 부상자를 낳았다.

이것이 앞으로 자이르공화국(DR콩고)을 불행으로 이끌고 가는 이유였다.

"알겠습니다. 철저하게 준비하겠습니다."

"그리고 러시아 외무부에 이야기해서 최대한 우리가 지원받을 수 있는 상황을 알아보십시오. 코사크 대원들을 수송할 방법이든 자금지원이든 간에 말입니다."

자이르공화국의 문제는 단시간 내에 해결할 문제가 아니었다. 장기간에 거쳐 진행할 일이었다.

또한 룩오일의 본격적인 자이르 진출을 위해서는 보호조치가 강구되어야만 했다.

그렇기 위해서는 상당한 인원들을 자이르공화국에 보내야만 했고, 그에 따른 경비 또한 만만치가 않은 일이었다.

하지만 자이르공화국의 혼란과 분열은 나에게 있어 또 하나의 기회로 다가왔다.

"예, 곧바로 알아보겠습니다."

루슬린은 자신감 있게 말했다. 러시아에는 내가 이야기한 것들에 대한 요구를 거부할 인물들은 극히 드물었다.

\* \* \*

자이르공화국으로 떠나기 위한 준비가 차근차근 진행되

고 있었다. 입국을 위한 비자를 받기 위해서 자이르대사관이 있는 논현동을 방문했다.

일반 양옥집 2층을 빌려서 사용 중인 대사관은 현재 본국에서 송금이 91년 2월부터 끊겨 월세도 못 내는 실정이었다.

3년 가까이 월 5천 달러(4백만원)의 월세를 내지 못하는 대사관은 나갈 곳이 없다고 집도 비워주지 않자, 집주인이 집을 돌려달라는 소송을 진행했고 승소했다.

하지만 집을 비우기 위한 강제집행을 할 수 없었다.

대사관은 치외법권 지역이기 때문이다. 자이르공화국의 현주소를 볼 수 있는 일이었다.

대사관의 직원들은 여섯 명뿐이었다.

대사관은 자이르공화국의 입국비자와 거주비자 발행 비용은 한국 정부의 지원으로 근근이 유지하고 있었다.

이곳에 근무하던 한국 직원들도 이젠 단 한 명뿐이었다.

"자이르는 어떤 일로 방문하실 예정이십니까?"

자이르공화국의 벰바 대사가 정중히 내게 물었다. 한국의 상당한 기업을 운영하는 내가 자이르를 방문한다는 말에 궁금증이 유발한 것이다.

자이르공화국의 수도인 킨샤사에만 2곳의 중소기업과 대우㈜의 연락사무실이 있었고, 그중 하나가 내부 혼란 때문에 한국으로 철수 준비 중이었다.

대우의 연락사무실도 자이르와 국경을 접하고 있는 탄자니아로 옮길 예정이었다. 정국이 불안해지자 자이르공화국에 머무는 한국인은 현재 십여 명이 채 안 되었다.

그러한 상황에서 대기업의 준하는 기업을 이끄는 내가 자이르공화국으로 들어가는 것이다.

"사업을 진행하기 위해서입니다."

"사업이라면 어떤 사업이신지요?"

"죄송한 말씀이지만 그건 기업상의 비밀이라 말해드릴 수는 없습니다."

"하하! 그러시는군요. 자이르공화국은 자원의 보고인 나라입니다. 인프라가 한국보다는 조금 부족할지는 모르겠지만, 다양한 사업을 진행할 수 있는 환경이 충분히 갖춰져 있습니다."

벰바 대사의 말은 허무맹랑한 말이었다. 자이르공화국은 러시아보다도 인프라가 갖춰지지도 않았다.

식수를 해결할 수도는 물론이고 전기통신은 인프라의 내구 연수가 지난 것이 대부분이고 정비 상태도 열악하며, 서비스 수준은 아프리카 다른 나라의 절반 수준이다.

자이르공화국에서 진행할 첫 번째 사업은 구리와 코발트가 주로 매장되어 있는 카탕가주가 위치한 텐케과 무탄다 광산을 소유하는 것이다.

향후 60년 이상 코발트를 채굴할 수 있고, 680만 톤 이상의 코발트가 묻혀 있다. 또한 두 광산은 코발트뿐만 아니라 양질의 구리 광석이 채굴되는 광산이기도 하다.

자이리의 구리 매장량은 전 세계 10%를 차지한다.

두 번째는 실종된 알로사 직원들이 목표로 했던 다이아몬드와 금이다.

자이르공화국은 다이아몬드는 전 세계 매장량의 26%를 차지하며 금은 세계 10위권이다.

땅속에 있는 광석 매장량은 꺼내 쓰지 않으면 아무런 가치가 없다. 지금 자이르공화국은 자국 내 광산개발을 할 여력이 없었다.

더구나 난 자이르공화국 주민들에게 내가 취한 이득에 상응하는 대가를 돌려줄 생각이다.

세 번째는 지속적으로 필요한 광물을 캐고, 이를 수많은 국경을 거쳐 전 세계 필요한 수요처까지 운반할 수 있는 토대를 만드는 일이다. 이런 일을 감당할 수 있는 회사는 현재까지는 없었다.

"예, 그 점을 참고하겠습니다."

"제가 혹시 도와드릴 일은 없습니까?"

벰바 대사는 나의 자이르공화국의 방문을 꼭 성사시키고

싶은 마음이었다.

그것이 자이르를 위해서도 좋은 일이었다.

행여 내 마음이 바뀌어 자이르를 방문하지 않을 수도 있다는 생각 때문에 던진 말이었다.

"자이르공화국을 안내할 인물이 필요합니다. 정부 관계자와 기업 관계자들도 만나보고 싶은데 말입니다."

"음, 그러시면 우리 대사관의 직원을 데려가시는 게 어떠시겠습니까?"

"대사관 직원을요?"

"예, 사실 저희가 본국에서 보내오는 지원이 끊겼습니다. 본국으로 돌아가야 할 직원이 있는데, 보내지 못하고 있습니다. 더구나 이 친구는 한국말도 잘할 수 있습니다."

뱀바 대사의 말은 한마디로 집으로 돌아갈 비행깃값이 없다는 말이었다. 그만큼 주한 자이르대사관의 형편이 좋지 않았다.

"좋습니다. 저희와 함께 가는 걸로 하지요. 일에 따라서 급료도 지급하겠습니다."

"하하하! 그렇게까지 해주시면 더욱 좋습니다. 제가 본국에 연락해서 최대한 강태수 회장님의 편의를 제공할 수 있도록 조처하겠습니다."

환하게 웃는 뱀바 대사와 나는 자이르공화국에 대한 일

로 1시간 더 대화를 나눈 후 대사관을 나왔다.

대사관을 나오기 전 형편이 어려운 자이르공화국 주한대사관에 5만 달러를 지원해주었다.

앞으로 뱀부 대사는 나를 적극적으로 도울 것이다. 대사관의 지원이 한 번으로 끝나지 않기 위해서도 말이다.


납치범들의 연락을 대비하기 위해 다섯 명의 인질 협상팀이 먼저 자이르공화국으로 떠난 후, 러시아 정부에서 회답이 왔다.

알로사 직원들의 구출과 무사 귀환을 위해서 적극적으로 협조하겠다는 공문을 보내온 것이다.

그 일환으로 러시아 정부 소유의 화물선을 동원하여 코사크의 물자 수송을 도울 예정이며 필요시에는 러시아 특수부대까지도 동원하겠다는 말을 함께 전했다.

하지만 현재 러시아는 심각한 재정난으로 군대를 동원할 능력이 없었다.

재정난 타개를 목적으로 러시아 해군은 항공모함인 민스크호를 포함한 항공모함 3척과 순양함, 구축함, 잠수함 등 26척을 매각하기로 한 상황이었다.

그나마 러시아 정부에 기대할 수 있는 것은 화물선과 자이르공화국의 있는 러시아 대사관의 협조였다.

이미 러시아 대사관에는 나에게 적극적으로 협조하라는 훈령이 전달되었다.

그 외의 모든 것은 자체적으로 해결해야만 했다.

러시아 정부와 현지 대사관은 자이르공화국 정부에 실종 사태의 해결을 위한 압력을 가하고 있었다.

현지 경찰과 보안군이 해결할 수 없다면 러시아의 군이 직접 나서겠다는 압력이었다.

이러한 압력은 향후 코사크 대원들의 현지 활동에 대한 사전 포석이기도 했다.

코사크에서 파견할 인원은 한 개의 타격대와 75명의 전투 인원 그리고 일곱 명의 정보팀이 포함되었다.

더불어서 현지의 열악한 의료 환경을 위해서 열 명의 의료진이 함께한다.

러시아 해군이 판매하기로 한 함정 중에는 군수지원함이 있었다.

93년에 건조해 러시아 극동함대에 공급하기로 했지만, 러시아 정부의 재정부족으로 완성되지 못한 채 방치되고 있었다.

연료수송과 화물수송이 동시에 가능한 군수지원함을 확보하면 자이르에 머물 코사크 대원들에게 공급할 물자를 원활하게 수송할 수 있었다.

또한 군수지원함은 하역시설이 없는 항구에서도 배에 설치된 대형 기중기로 물자를 옮길 수 있어 활용도가 뛰어났다.

더구나 러시아 군수지원함은 함포 무장까지 되어 있어 해적들의 습격에도 대비할 수 있었다.

자이르공화국에서 진행할 사업은 단기간에 끝날 문제가 아니었다. 현재 정권을 잡고 있는 모부투 대통령은 내전으로 인해서 97년에 축출되었고, 그해 모로코에서 사망한다.

내가 자이르공화국을 선택한 이유는 유일하게 아프리카 국가 중에서 이 나라를 자세히 알고 있기 때문이다.

주식을 하던 때에 내가 투자했던 전자회사는 뜬금없이 콩고민주공화국(DR콩고)에 있는 금광에 대한 투자 공시를 냈었다. 업종과 상관없는 투자로 인해서 지금의 자이르공화국에 대해 공부를 하게 되었고, 그 기억이 고스란히 머릿속에 들어 있었다.

자이르공화국 진출을 위해서 나를 비롯한 코사크 대원들은 불어를 공부해야만 했다.

자이르공화국의 공용어인 불어를 간단하게나마 할 수 있어야만 현지 주민들과의 충돌과 오해를 예방할 수 있기 때문이다.

러시아 해군이 판매하기로 한 군수지원함 벨리키호의 인수가 결정되었다.

최종 금액은 125만 달러로, 한마디로 고철값으로 최신 군수지원함을 넘긴 것이다. 이러한 가격은 러시아 정부가 특별히 협조한 결과였다.

인수가 결정된 후 벨리키호는 곧바로 나머지 작업에 들어갔다.

원 계획안대로 내부 장비들이 설치되긴 위한 작업으로 이 작업에만 450만 달러가 소요될 예정이었다.

또한 작업이 끝나는 대로 현대중공업으로 옮겨져 새로운 통신장비와 전자장비를 설치할 것이다.

*　　　　*　　　　*

한라그룹의 정태술 회장은 지끈거리는 머리를 붙잡고 있었다.

마가 단단히 꼈는지 요즘 들어서 풀리는 일이 없었다.

작년 말 한라㈜의 적대적인 인수합병의 방어를 위해 상당한 자금을 소모했고, 그것이 그룹 내 자금 흐름에 영향을 주고 있었다.

거기에 이어서 한라건설이 야심차게 진행하고 있는 금오

동과 옥수동의 재개발사업이 난항을 겪고 있었다.

"또 뭐냐?"

회장실에 보고를 하러 들어온 한라건설 사장인 문상운을 보자마자 얼굴을 찌푸리며 말했다.

"옥수 3구역의 조합장이 구속되었습니다."

해당 구역의 조합장 구속은 일을 더욱 꼬이게 만드는 일이었다.

"아! 정말 왜 이러는 거냐? 일을 제대로 하고 있긴 한 거야? 아니면 그냥 손 놓고 있는 거야? 문제 되는 것이 있으면 사전에 정리를 해야 할 것 아냐!"

정태술은 큰소리로 질책하며 말했다.

"정말 죄송합니다. 그런데 문제가 세기건설에 흘러 나간 문건들로 인해서 일이 계속 발생하고 있습니다. 옥수 3구역 조합장의 구속도 세기건설의 문건 때문인 것 같습니다."

"이런 개새끼들이 일을 어떻게 처리한 거냐? 아직도 회수하지 못하면 어떻게 해? 이번 달까지 해결 못 하면 세기건설을 교체해 버려!"

화가 머리끝까지 난 정태술은 더는 참을 수가 없었는지 한라건설과 전략적으로 묶여 있는 세기건설을 내칠 생각마저 한 것이다.

"예, 알겠습니다. 그리고 언론에서도 안 좋은 소리가 나와서 그런지 주가가 점점 내려가고 있습니다."

작년 말까지 3만 원대에서 머물던 한라건설은 올해 들어서 줄줄 흘러내리면서 1만 8천 원대까지 떨어졌다.

다른 건설회사들이 신의주 특별행정구역의 특수와 국내 건설경기의 상승 여파로 주가가 지속해서 올라가는 추세였다. 그러나 한라건설만 역으로 가고 있었다.

그러다 보니 시장에서는 한라건설이 문제가 있는 것이 아닌가 하는 우려 섞인 시선을 보내고 있었다.

본격적인 재개발사업을 진행하기 위해서는 상당한 자금을 은행에서 빌려와야 하는 입장에서 한라건설의 주가가 떨어지는 것은 좋은 일이 아니었다.

"왜 이렇게 되는 일이 없는 거야. 한라 때처럼 외부에서 장난질하는 거는 아니지?"

"그런 것은 아닌 것 같습니다. 일부러 주가를 떨어뜨려서 좋을 것은 없으니까요. 금오동과 옥수동 사업이 진척되지 못하는 것이 주된 요인인 것 같습니다."

"불도저로 그냥 밀어붙여 버려야 하는데. 빨리 해결방안을 모색해. 늦어도 봄까지는 철거해야 하잖아?"

뒷목을 부여잡으며 말하는 정태술은 말하는 것조차 짜증이 났다.

"예, 조합들과 협의해서 주민들의 이주를 빨리 진행하겠습니다."

"앞으로 이런 일로는 내게 보고하지 말고 알아서 처리해. 좋은 일을 들고 오라고. 알았어?"

"예, 그렇게 하겠습니다. 그리고 이건 재평가를 새롭게 진행하려는 서류입니다."

문상운은 조심스럽게 눈치를 살피며 정태술에게 결재서류를 내밀었다.

재개발조합들은 주민들의 강경한 태도와 조합에 대한 소송, 그리고 연일 들려오는 재개발조합 관계자들의 구속 소식에 몸을 사렸다.

재개발조합들은 한라건설에 재산재평가를 하지 않으면 사업 진행이 힘들다는 소리를 이구동성으로 말했고, 결국 한라건설이 수용하겠다는 의사를 표시할 수밖에 없었다.

더 이상 재개발사업을 늦출 수가 없기 때문이었다.

이전에 추진했던 재개발사업과는 전혀 다른 양상으로 흘러가고 있었다.

"아휴! 도대체 손해가 얼마냐?"

짜증 섞인 목소리를 내는 정태술은 신경질적으로 결재판에 사인할 수밖에 없었다.

\*　　　\*　　　\*

닉스홀딩스와 룩오일NY이 합동으로 자이르공화국에 대한 전반적인 투자와 전략을 다룰 기획전략팀이 꾸려졌다.

자이르공화국의 진출을 허술하게 다룰 수가 없었다. 앞으로 수십억 달러를 투자할 대상이자 향후 자원전략에 있어 중요한 역할을 할 국가이기 때문이다.

한편으로는 아프리카에 확실한 교두보를 형성하기 위한 전략적 진출이었다.

유럽의 식민지로 출발한 아프리카 나라들은 지금도 그 영향력 아래에 놓여 있었다.

외세의 수탈과 간섭은 아프리카 국가들의 발전을 저해하는 요인이었고 내부의 분란을 일으키는 요소 중의 하나였다.

"자이르에 교두보로 삼으려면 자이르공화국의 유일한 무역항인 마타디(Matadi)를 확보해야 합니다."

광대한 국토에 비해 해안선은 대서양에 접한 콩고 강 하구의 38km 정도로 매우 짧다. 이곳에 자리 잡은 마타디 항이 자이르공화국의 주요 수출입항으로서 기능하고 있는 제1의 항구다.

또한 마타디는 수도인 킨샤사에 철도와 도로로 연결되어 있어 교통의 요충지이자 상공업의 중심지였고, 이곳을 통해 커피와 카카오를 수출한다.

"다른 인프라들은 어떻습니까?"

자이르공화국에 대해 설명을 하는 닉스홀딩스의 김동진 비서실장에게 물었다.

"모든 것이 부족합니다. 통신 기반 시설이 미비하여 유선 전화선 보급률이 0.03%도 안 되어 2,500회선 정도로 보고 있습니다. 수도인 킨샤사와 마타디, 룸부바시, 콜웨지 등 광물 채굴이 활발하게 이루어지고 있는 카탕가 지역에만 집중되어 있습니다. 철도 또한 마타디와 킨샤사 구간과 북 부도시의 키상가니(Kisangani)—우분두(Ubundu) 등을 연결 하는 철로가 있으나 매우 낙후되었습니다. 더구나 강과 호 수 등으로 인해 전 구간이 연결하기가 무척 힘든 상황입니 다. 그나마도 인근 국가인 잠비아와 남아프리카공화국으로 광물을 수출하기 위해 카탕가(Katanga)주에 집중되어 있습 니다. 도로도⋯⋯."

도로 사정 또한 철도에 비해 나은 것이 없었다. 포장된 도로가 드물었고, 벨기에 식민지 당시 영향으로 수도 킨샤 사 시내 도로망은 중심도로 왕복 2차선으로 체계화되어 있 었지만, 유지와 보수가 이뤄지지 않아 노면 상태가 불량했 다.

전국적으로 도로와 다리 등의 수송 인프라는 중간중간

끊겨 있으며 비가 오면 도로가 유실되는 등 전반적으로 불량하고 열악한 상태였다.

어느 정도는 예상했지만, 생각보다 정도가 심했다. 더구나 내전이 발발하면 그나마 있던 시설물들도 파괴될 수 있었다.

"향후 광물 수송과 연관된 상황은 어떻게 진행할 계획입니까?"

"우선은 현대상선과 한진해운을 1차 협상자로 해서 일본의 3대 해운사인 일본우선(郵船), 상선미쓰이, 가와사키기선을 비롯하여 덴마크의 머스크와도 협상할 계획입니다. 직접적인 선박 운용보다는 장기용선계약을 통해서 운반할 예정입니다. 더불어서 아시아와 유럽, 미주지역의 선주들과도 접촉할 예정입니다."

해상운송에서 컨테이너선은 일용품이나 기계부품을 벌크선은 광물자원이나 곡물의 수송에 사용한다.

자이르공화국의 진출은 중국을 겨냥한 포석이었다. 앞으로 중국은 전 세계 알루미늄, 구리, 니켈, 아연 등의 광물자원을 자그마치 50%나 소비하는 괴물로 등장한다.

이미 호주에 웨일백 철광석 광산에도 투자한 이유도 중국 때문이었다.

"앞으로 새롭게 설립할 닉스코어는 광물을 채굴, 운반,

판매까지 총괄하는 유일한 기업이 될 것이다. 자이르공화국에 이어 페루와 칠레에도 진출할 것입니다. 그러기 위해서는 각 나라와 지역에 창고와 항만을 이용할 수 있는 준비를 철저히 갖추어야 합니다."

거대한 블랙홀처럼 광물자원을 빨아들이는 중국에 막대한 이익을 남기기 위한 전략을 진행하기 위해 새로운 에너지기업인 닉스코어 설립할 계획이다.

이를 위해서 룩오일NY와 소빈뱅크, 그리고 닉스홀딩스가 투자를 진행할 것이다.

세계의 공장 역할을 바탕으로 성장하는 중국 경제의 성장은 곧바로 닉스홀딩스와 룩오일NY의 성장으로 이어지게 만든다는 전략이었다.

"이미 호주의 항만시설과 창고를 확보한 상태입니다. 올해 중반부터 퍼스항에서 한국과 중국으로 철광석을 공급할 예정입니다."

룩오일NY의 루슬란 비서실장의 말이었다.

룩오일에서 투자를 했던 웰일백 철광석광산은 중국과 인도를 겨냥해 선점한 곳이었다.

"좋습니다. 자이르의 마타디 항을 우리가 가져오려면 어떻게 해야 합니까?

루슬란의 말에 절로 미소가 지어졌다. 계획했던 것보다

빠르게 호주의 철광석을 공급하게 된 것이다.

"현재 마타디 항은 자이르공화국의 국영교통공사에 속해 있지만, 제때에 투자가 이루어지지 않아 무역항으로 구실을 제대로 수행하지 못하고 있습니다. 항구를 이용하기 위해서는 45톤 크레인과 지게차, 트랙터 등을……"

계속해서 자이르공화국에 진출에 대한 회의가 이어졌다. 철저하게 준비하고 움직이지 않는다면 오히려 큰 손해를 볼 수 있기 때문이다.

세계 광물시장을 장악하기 위한 시발점이 러시아에 이어 두 번째로 자이르공화국에서 시작될 것이다.


자이르공화국에 도착한 인질 석방 협상팀이 연락을 해왔다.

연락의 내용은 두 명의 알로사 직원은 안전하며, 납치 과정은 현지 치안 부재를 틈타서 활발하게 활동하는 강도단에 의해 저지른 일이었다는 내용이었다.

이들은 두 사람의 몸값으로 50만 달러를 요구하고 있었다.

몸값을 받기 위해서라도 두 명의 직원에게 위해를 가할 상황은 아니었다.

두 사람이 붙잡혀 있는 곳이 파악되는 대로 코사크 타격대가 먼저 움직일 예정이다.

이미 모스크바에서 무장 병력을 태운 비행기가 킨샤사국 제공항으로 향하고 있었다.

무기와 물자를 실은 1만 3천 톤급의 러시아 화물선 옴스키호와 도시락이 소유하고 있는 2천 8백 톤급 화물선인 탬페레호 또한 식량을 싣고서 자이르공화국으로 운항 중이었다.

밤낮으로 작업을 진행하고 있는 군수지원함 벨리키호 또한 내부 작업이 끝나는 대로 연료와 군수 지원품을 싣고서 자이르로 떠날 것이다.

나 또한 내일 모레 자이르공화국으로 출국할 예정이었다.

출구에 앞서 아프리카에서 한인 슈바이처로 불렸던 외과 의사 신장곤 박사를 만났다.

올해 62세인 신장곤 박사는 한창 나이 때인 38살에 청진기만을 들고서 정부 파견 의사로 아프리카를 향했고, 가봉에서 2년, 자이르에서 13년, 중앙아프리카에서 9년 등, 24년간 아프리카에서 헌신하고 봉사한 인물이다.

하지만 조국으로 돌아온 그는 무기력할 뿐이었다. 일할 병원도, 거처할 집 한 칸의 방도 없는 상태였다.

현재는 부산의 친척 집에서 부인과 함께 머물고 있었다.

"자이르에 병원을 세우시겠다고요?"

신장곤 박사는 내 말에 반문하며 물었다. 아프리카 오지에서 수십 년간 생활해온 그는 국내 상황에 잘 적응하지 못하고 있었다.

그가 신문 인터뷰에서 밝혔듯이 정부의 지원을 받아서 노인병원을 세워 무의탁 노인들에게 의술을 베풀고 싶었지만, 희망뿐인 상황이었다.

지금은 다시금 아프리카로 돌아가고 싶은 생각이 간절했다.

"예, 자이르에 종합병원 형태의 병원을 건립할 생각입니다. 괜찮으시다면 그곳에 병원장으로 가주셨으면 합니다."

신장곤 박사는 아프리카의 거친 생활로 인해 다듬어진 근육이 60대답지 않을 정도로 건강하고 튼튼했다.

아직도 10년 이상은 거뜬히 현직에서 활동할 수 있는 체력을 가지고 있었다.

"허허! 그 말을 믿어도 되는 건지 모르겠습니다. 아프리카에 병원을 짓는다는 것 자체가 쉬운 일도 아닌 데다 비용도 만만치 않을 텐데요."

신장곤 박사도 아프리카에 있을 때 종합병원이 만들어지길 원했었지만, 현실적으로 불가능했다.

외과 전문의인 그가 아프리카에서 의료활동을 할 때 소

아과와 산부인과는 물론, 안과, 치과, 이비인후과 등 전천후 만물의사 노릇까지 해야만 했다.

"그건 우리가 지원 드릴 것입니다. 병원이 완공된 후에도 지원은 계속될 것입니다."

"고마운 일입니다만, 아무 이익도 없이 계속해서 지원해 주실 수 있는 것인지 모르겠습니다."

신장곤 박사는 아프리카에서 의료품이 없어 어려움을 겪을 때 한국에서 도움을 받곤 했지만, 대부분 지속적이지 않은 채 단발성으로 끝났다.

국내 기업들도 인도주의적인 차원이라고 하지만 굳이 이익이 없는 아프리카에 투자를 하지 않았다.

정부예산도 정해져 있었기 때문에 병원 설립은 꿈도 꿀수 없었다. 더구나 신장곤 박사가 받는 월급도 박봉이라 프랑스에서 교육을 받던 자녀들에게 교육비로 모두 들어갔다.

"저희 닉스코어가 자이르 정부와 함께 추진하는 자원 사업을 통해서 꾸준한 이익을 발생시킬 것입니다. 그 이익을 자이르공화국에 돌려주는 것으로 보시면 됩니다. 현지에……."

나는 자이르에서 벌일 구체적인 사업 이야기를 신장곤 박사에게 해주었다.

"하하하! 그렇게만 되면 저는 언제든지 자이르로 돌아갈 준비가 되어 있습니다."

신장곤 박사는 나의 말에 크게 웃으면서 말했다. 경제적인 어려움으로 친척 집과 전셋집 등을 전전하며 지인들이 경영하는 병원들을 옮겨 다니는 그에게 제2의 고향인 아프리카로 돌아갈 수 있다는 건 큰 기쁨이었다.

그곳에서 아무 걱정 없이 다시금 의술을 펼칠 수 있다는 것이 그를 활짝 웃게 만들었다.

한국에 온 후 가장 기쁜 웃음이기도 했다.

Chapter 7

　자이르공화국으로 떠나기 전날 가인이와 예인이를 비롯
한 가족들과 함께 저녁 식사를 했다.

　"이번에는 아프리카를 간다고?"

　아버지는 정신없이 바쁘게 움직이는 아들을 걱정스러운
눈으로 쳐다보시며 물었다.

　"예, 자이르공화국이라고 아프리카에서 세 번째로 큰 나
라입니다."

　"아프리카면 너무 위험한 곳이 아니니?"

　엄마 또한 걱정스러운 눈빛을 보내셨다.

"저만 가는 게 아니라 회사 직원들도 함께 가니까, 그렇게 위험하지는 않아요."

"이번에 출장 가면 얼마나 있을 건데?"

가인이가 뾰로통한 표정으로 물었다. 사실 한국에 있어도 가인이와 함께 한 시간은 그리 많지 않았다.

그나마 한집에서 생활한 이후부터 이야기를 나눌 시간이 조금 많아졌을 뿐이었다.

"한두 달은 걸릴 거야. 다른 사업장들도 돌아봐야 하니까."

"밑에 직원을 시키면 안 돼? 너무 출장을 자주 가는 것 같아."

여동생인 정미가 궁금한 듯 물었다. 가족들은 내가 얼마나 큰 사업을 이끌고 있는지 잘 모르고 있었다.

"직원들은 직원들만의 할 일이 있고, 내가 직접 해야 할 일이 있어서 그래."

"그래도 너무 출장을 자주 가는 것 같아. 김만철 아저씨도 함께 가는 거야?"

김만철이 옆집에 살게 되면서 왕래가 잦다 보니 가족들과는 아주 친밀하게 지내고 있었다.

"같이 가. 생각하는 만큼 위험하지도 않으니까, 너무들 걱정하지 마세요."

사실은 내 말과 다르게 외무부에서는 치안불안이 중대되고 있는 자이르공화국을 여행자제 지역으로 지정하고 있었다.

그에 대해 대비를 하고 있지만, 그렇다 하더라도 현지 상황은 어떻게 변할지 모르는 일이었다.

"남자가 사업을 하다 보면 여러 곳을 다니는 것은 당연하지만, 태수가 아프리카까지 가게 될 줄은 몰랐다."

아버지는 항상 뒤에서 묵묵히 나를 응원해 주고 계셨다. 예전의 건강을 되찾으신 아버지는 다시금 일을 하고 싶으시다는 의사를 표시했지만, 엄마가 완강하게 반대하고 있었다.

엄마는 어렵게 찾은 아버지의 건강을 다시 잃을까 걱정이셨다.

"저도 아프리카는 생각지 못했습니다."

"정말이지 아무 문제없는 거지?"

엄마는 다시금 확인하듯 물으셨다.

"하하! 그럼요. 걱정하지 마시고 이제 식사하세요."

난 일부러 밝게 웃으면서 말했다. 가족들과 가인이와 예인이도 자이르공화국이 어떠한 곳인지 알지 못했다.

가족들과 함께 돈 걱정 없이 살아갈 수준은 예전에 이미 넘어섰다.

이곳으로 돌아와서 목표한 것이 가족들을 행복하게 만드는 것이었다.

하지만 이젠 그 범위가 확대되어 이 나라의 정의가 살아있고, 인간적인 삶을 누리면서 살아갈 수 있는 사회와 나라를 만드는 것으로 바뀌고 있었다.

*　　　*　　　*

국내 문제들을 닉스홀딩스의 김동진 비서실장에게 맡기고 비행기에 올랐다.

김동진 비서실장은 내가 없는 사이에도 한라건설과 세기건설의 문제들을 마무리 지을 것이다.

한라건설은 공들인 금호, 옥수동 재개발사업 시간이 지날수록 발목을 잡을 것이다.

닉스홀딩스 산하 법무팀은 두 지역의 재개발주민에 대한 법률 자문과 소송을 진행하고 있었다.

일찌감치 닉스홀딩스는 두 재개발 지역에 집과 건물을 사드렸었다. 앞으로도 계속해서 소송전이 벌어질 것이다.

한라건설과 재개발조합이 지역주민들에게 사용했던 방법을 역으로 이용하는 중이었다.

지루한 법정 공방전은 한라건설의 사업 진행에 제동을

걸 수밖에 없었다.

세기건설 사무실에서 유출된 자료들을 바탕으로 이전 재개발사업에서 저지른 불법적인 증거들도 수집하고 있었다.

한라건설에게 막대한 이익을 가져다주었던 재개발사업이 이젠 올무가 되어 한라그룹을 발목을 잡아가고 있었다.

또한 조상태가 만든 조직이 은밀하게 활동했고, 세력을 키워나가는 중이었다.

조상태는 강남을 휘어잡고 있는 신세계와 강남파를 충돌시키기 위한 작업도 진행하고 있었다.


김포공항을 벗어나기 시작한 비행기 안에서 앞으로 진행하게 될 상황이 담긴 서류를 검토했다.

우리는 파리로 향한 다음, 그곳에서 자이르공화국으로 떠나는 비행기를 갈아탈 예정이다.

"한국으로 돌아올 때쯤 많이 것이 달라져 있겠어……."

구름 아래로 바다가 보일 때쯤 나는 눈을 감았다.

눈을 감자 많은 생각이 떠올랐다.

어떻게 여기까지 회사를 이끌어 왔는지도 신기했고, 지금껏 만난 사람들과의 인연들도 소중했다.

이전의 삶에서는 없었던 일들이 펼쳐지고 있었다.

패배자의 삶에서 성공의 길로 걸어가는 내 모습이 아직

도 믿어지지가 않았다.

꿈을 포기하며 살았던 지난날은 이제는 사라진 지 오래였다.

'이젠 나만의 꿈이 아니지……'

나는 더 큰 꿈을 향해 힘차게 나아가고 있었다.

*　　　*　　　*

프랑스 파리의 드골공항을 거쳐 자이르공화국의 킨샤사국제공항에 도착했다.

국제공항이라고 하지만 시설상태를 보니 관리가 제대로 되지 않는 것처럼 보였다.

한반도의 11배 크기이자 세계에서 12번째로 큰 나라인 자이르공화국에 첫발을 내민 것이다.

공항에는 자이르공화국 러시아주재 대사인 비탈리 대사가 마중 나와 있었다.

그의 옆으로 자이르공화국 에너지부의 느웨이 남보 장관이 함께 서 있었다.

복잡하고 까다로운 입국심사로 유명한 킨샤사국제공항이었지만 나와 일행의 심사는 일사천리로 처리되었다.

"먼 길 오시느라 고생이 많으셨습니다. 비탈리 추르킨이라고 합니다."

올해 45세인 비탈리 대사는 나를 향해 정중하게 인사를
건넸다.

한국의 대사도 아닌 러시아의 대사가 나를 마중을 나왔
다는 것은 러시아에서 가지고 있는 나의 위상이 어느 정도
인지를 말해주는 것이었다.

한국은 자이르공화국에 상주공관만 두고 있었고, 인원도
2명뿐이었다.

"반갑습니다. 바탈리 대사님의 많은 도움이 필요합니
다."

"언제든지 말씀하십시오. 최선을 다해 돕겠습니다."

바탈리는 나와 인연을 맺고 싶은 눈치였다. 그것은 아프
리카 나라들의 대사직에서 벗어날 기회이기도 했다.

바탈리는 가봉과 탄자니아에서 총영사와 대사직을 수행
했었다.

"이쪽은 느웨이 남보 에너지부 장관이십니다."

나와 함께 한국에서 출발한 자이르공화국 주한대사관의
볼레메 대사 보좌관의 말이었다.

볼레메 앞으로 나의 자이르 활동을 도울 예정이다.

"한국에서 온 강태수라고 합니다."

"한국에 있는 벰바 대사와 여기 계신 바탈리 대사님에게

서도 말씀을 들었습니다. 자이르공화국에 오신 걸 환영합니다."

정부관계자인 남보 에너지부 장관은 현재 정권을 잡고 있는 모부투 세세 세코 대통령의 최측근 중의 한 명이었다.

모부투 정권은 1965년부터 정권을 잡고 있는 장기 독재 정권이었다.

모부투는 정권을 잡으면서 벨기에 자본에 의해 운영되는 기업들과 산업시설을 사유화했고, 80년대 냉전 시대를 배경으로 일당독재를 이어오고 있었다.

하지만 장기독재로 인한 만연된 부패와 연이은 경제정책 실패로 인한 경제파탄으로 모부투의 권력은 국민저항에 부닥쳐 약화되고 있는 실정이다.

거기에 인권 처우 관행에 대한 국제사회의 비판과 원조 삭감도 크게 한몫하고 있었다.

그런 와중에 상당한 기업을 거느린 나의 방문에 호의적일 수밖에 없었다.

"환영해 주셔서 감사합니다. 이렇게 직접 나오실 줄 몰랐습니다."

솔직히 자이르의 고위 정부관계자가 직접 마중을 나올 줄은 몰랐다.

"우리나라에서 불미스러운 일도 발생을 했다는 점에서

우선은 사과의 말씀을 드립니다. 조속하게 해결방안을 찾을 수 있게 적극적으로 협조할 것입니다."

알로사 직원들의 납치 문제로 자이르공화국은 골치가 아팠다. 러시아의 강력한 항의도 문제지만, 외국 회사 직원들의 신변 문제가 대두되자 자이르에 투자를 진행하려고 했던 외국 회사들도 투자를 보류하기 시작한 것이다.

그런 와중에 현지 투자 가능성이 큰 내가 자이르공화국을 방문한 것은 고무적인 것이었다.

납치 문제 해결과 함께 현지투자를 하기 위해서 내가 자이르 방문했다는 것을 남보 장관은 한국의 벰바 대사에게서 전해 들었다.

"감사한 말씀입니다. 납치된 직원들의 신병안전 문제를 해결할 수 있게 저희 경비업체가 제약 없이 활동할 수 있게 해주십시오."

"물론입니다. 바탈리 대사께 들었습니다. 코사크가 러시아에서 최고의 경비업체라는 것을요. 자, 이쪽으로 나가시지요."

이미 사전에 러시아의 외무부를 통해서 자이르 정부에 코사크의 현지 활동에 관한 사전협의가 이루어졌다.

남보 에너지부 장관의 안내로 공항을 나서자 밖에는 중무장한 코사크 대원들이 기다리고 있었다.

최신장비와 무기들로 무장한 코사크 대원들은 자이르 공안 경비대와는 환연히 차이가 났다.

경호를 위해 동원된 자이르 경찰과 보안대도 상황은 마찬가지였다.

러시아에서 도착한 방탄 벤츠에 나와 남보 에너지 장관이 올라타자 경호를 위해 동원된 열일곱 대의 차량들이 공항에서부터 동시에 움직였다.

마치 한나라의 대통령이 경호를 받는 모습이었다.


한 나라의 수도라고는 하지만 부족한 것이 눈에 많이 들어왔다. 서울에서 흔히 볼 수 있는 고층빌딩은 쉽게 찾아볼 수 없었다.

차가 호텔로 향하는 동안 본 건물 중에 15층 정도 되는 건물이 가장 큰 건물이었다.

우리가 머물 킨샤사의 멤링호텔도 12층짜리 건물로 그나마 최근에 지은 건물이자 고층건물에 속했다.

길게 이어진 차량 행렬을 신기하듯 쳐다보는 현지 사람들과 아이들은 차량을 따라오기까지 했다.

거리 곳곳에 총을 들고 서 있는 보안군들도 흔치 않은 차량 행렬에서 눈을 떼지 못하고 있었다.

"한국의 서울과는 많은 차이가 있을 것입니다. 하지만 자이르는 가능성이 무궁무진한 곳입니다."

남보 에너지부 장관은 4년 전 한국과 일본을 방문한 적이 있었다.

"예, 저도 그 가능성에 주목하고 있습니다. 저희 직원들의 문제가 해결되면 가능성을 찾기 위해 자이르공화국 전역을 둘러볼 예정입니다."

"하하하! 아주 좋은 생각이십니다. 제가 적극적으로 도와 드리겠습니다."

남보 장관은 콧대 높은 러시아의 대사인 바탈리까지 고개를 숙이게 하는 나를 다시 보고 있었다.

멤링호텔에 도착하자 그곳에는 코사크 타격대가 출동할 준비를 하고 있었다.

납치된 알로사 직원들의 거처가 확인된 것이다.

직원들이 붙잡혀 있는 곳은 수도인 킨샤사에서 310km 떨어진 곳에 자리 잡은 묵힐라라는 마을이었다.


\*　　　\*　　　\*


자이르공화국에 도착하자마자 나 또한 묵힐라로 향했다. 편안하게 호텔에 앉아서 짐을 풀 상황이 아니었다.

조직이란 인간이 모여 만든 모임이다.

이 때문에 전문적인 지식의 우수함과 경험만으로 조직을 움직이는 것에는 한계가 있다. 조직에 속한 구성원들의 마음을 살 수 있어야만 비로소 조직을 마음먹은 대로 움직일 수 있다.

어느 상황에서도 말이 아닌 행동으로 솔선수범하는 리더는 내적 강인함을 가진 사람이다.

이는 듣기 좋은 말이나 화려한 약속보다도 행동을 통한 성과가 사람들을 움직일 수 있는 최선의 무기임을 잘 알고 있는 것을 말한다.

나 또한 그랬다.

언제나 어려운 일에 함께 참여했고, 뒷짐을 쥔 채 뒤에서만 지켜만 보지도 않았다.

이 때문에 코사크는 물론이고 회사의 구성원들에게도 마음 깊은 곳으로부터 존경과 신뢰를 얻고 있었다.


알로사 직원들의 납치가 확인된 후부터 이들을 구출하기 위해서 다각적으로 움직임을 펼쳤다.

코사크의 정보팀은 물론이고 KGB의 후속인 러시아 연방 방첩국(FSK)까지 동원했다.

결국 납치범들의 꼬리를 잡은 것이다.

러시아산 Mi—172 수송헬기 2대에 코사크 타격대와 전투 인원이 함께 움직였다.

Mi—172는 러시아 카잔사에서 제작된 헬기로 최대 이륙 중량이 1만 3000㎏에 이른다. 또한 항속거리는 750㎞, 체공 시간은 5시간이며 인양능력은 4톤 규모이다.

이 수송헬기에는 최대 36명이 탑승할 수 있었다.

"위성사진으로 살펴보면 마을의 집은 스무 채 정도입니다. 사진에 표시된 것처럼 북쪽에 위치한 집에 직원들이 있는 것으로 보입니다."

코사크 타격대를 이끄는 예브게니의 말이었다. 자이르공화국에는 4팀과 새롭게 구성된 5팀의 인원들이 주축을 이루었다.

"무장 강도들의 인원은 얼마나 되지?"

"현지 정보원의 말로는 무장한 강도들이 모두 열 명이라고 하였습니다."

자이르공화국에 협상팀이 들어온 후부터 자이르의 경찰은 물론이고 현지 정보원들을 동원해서 강도단을 찾았다.

"마을 주민들에게도 피해가 없도록 구출작전을 펼쳐야 해."

"예, 대원들에게 주의시키겠습니다."

구출작전에는 자이르공화국의 경찰과 보안군은 참여하지 않았다. 제대로 된 훈련과 경험이 부족한 자이르 보안군은 오히려 방해만 될 뿐이었다.


러시아에서 가져온 MI−172 수송헬기는 묵힐라 마을에
서 조금 떨어진 곳에 착륙했다.

인질들의 안전과 완벽한 습격을 위해서 어두운 밤을 노
렸다.

야간침투 장비로 무장한 코사크의 타격대는 조심스럽게
마을로 접근했다.

나머지 무장팀은 강도단의 인원들이 외부로 빠져나갈 수
없게 마을 주변을 포위했다.

전기가 없는 마을은 어둠에 잠겨 있었고, 인질이 있는 곳
으로 추측되는 집 근처에만 모닥불이 피어 있었다.

다행히 마을에는 개가 없었다.

모닥불 근처에는 다섯 명의 인물들이 술을 마시면서 시
끄럽게 떠들고 있었다.

습격을 받을 것이라고는 꿈에도 생각지 못한 모습들이었
다.

─납치범들의 위치가 모두 확인되었다.

모닥불이 피어진 우측과 좌측에도 각각 한 명씩 총을 메
고 서 있는 인물들이 있었다.

─진입 루트 확보.

무전이 들려온 순간 우측과 좌측에 서 있던 보초병이 순식간에 어둠 속으로 사라졌다.

―돌입!

무전기로 명령이 하달되는 순간, 모닥불에 모여 있던 다섯 명의 인물들이 움직임이 모두 멎었다.

코사크 저격병들의 솜씨였다.

그 순간을 기점으로 인질들이 있는 집으로 코사크의 타격대가 안으로 빠르게 진입했다.

안쪽에서 총소리는 들리지 않았다.

그리고 잠시 뒤 두 명의 알로사 직원이 코사크 대원들에 의해서 밖으로 나왔다.

두 명의 직원은 피곤하고 지친 모습이었지만 건강에는 큰 이상이 없어 보였다.

작전은 싱겁게 끝이 났다.

강도들은 총만 들었을 뿐, 세계 최고의 특수전 훈련을 거친 코사크 타격대와는 비교할 수 없었다.

어느 나라의 군대라도 지금의 코사크 타격대를 막아내기란 힘들었다.

곧이어 마을의 여자와 침대에서 뒹굴고 있던 강도단의 두목이 잡혀 왔다.

"제발 목숨만 살려주십시오. 살려만 주시면 다이아몬드

가 있는 곳으로 안내해드리겠습니다."

바닥에 쓰러져 있는 부하들의 시체를 보아서인지 강도단 두목은 묻지도 않은 말을 내뱉었다.

"그게 무슨 말이지?"

"여기서 100㎞ 정도 떨어진 카로에 다이아몬드가 묻혀있는 곳이 있습니다."

"그걸 왜 우리에게 이야기하지? 너희가 차지해도 되었을 텐데."

내 질문에 강도단 두목은 잠시 머뭇거렸다. 그러자 뒤에 있던 코사크 대원 하나가 강도단 두목의 머리에 총을 겨누었다.

"그곳으로 가는 길목에 용병들이 있습니다."

"용병이라니?"

"벨기에의 광산 회사에서 고용한 용병들이었는데, 회사가 파산하자 이곳에 눌러앉은 놈들입니다. 앙골라의 반정부 게릴라들을 끌어들여서 세력을 키웠습니다."

벨기에의 식민지였던 자이르공화국은 벨기에를 비롯한 유럽의 광산회사들이 상당수 진출했었다.

하지만 현 정권을 잡고 있는 모부투 대통령은 사회주의적 정책을 도입하여 주요 기업을 국유화하는 정책을 펼쳤다.

그 이후부터 내부 불안과 연이은 경제정책 실패와 함께 제대로 된 투자가 이루어지지 않으면서 광산들의 폐쇄가 늘어났다.

광산산업은 전력과 식수와 같은 인프라가 절대적으로 필요했다. 인프라 투자가 이루어지지 않으면 광산을 운영할 수 없었다.

"왜 그곳에 머무는 거지?"

"금광이 있습니다. 현지 주민들을 동원해서 불법적으로 금을 채취해서 탄자니아로 빼돌리고 있습니다."

자이르 정부는 넓은 땅덩어리를 모두 통제하지도 관리하지도 못하는 실정이었다.

현지 지방관리와 보안군에게 뇌물을 주어서 금을 불법적으로 채굴하고 있었다.

"다이아몬드가 있다는 것을 어떻게 믿을 수가 있지?"

강도단 두목은 내 말에 침을 삼켰다.

"제가 있던 집의 침대 아래에 상자 속에 다이아몬드와 지도가 있습니다."

강도단 두목의 말이 떨어지자마자 코사크의 대원들이 움직였다.

잠시 뒤 예브게니가 작은 보석상자 크기의 나무상자를 가져왔다. 상자 안에는 정말 밤톨만 한 다이아몬드 하나와 지도가 나왔다.

"이 다이아몬드는 어떻게 입수한 건가?"

"카로에 사는 농부에게서 사들였습니다."

거짓말을 하는 것이 눈에 보였다.

"솔직하게 말하지 않으면 바닥에 누워 있는 네 부하들처럼 편히 쉬게 될 것이다."

"후! 빼앗은 것입니다. 농부는 다이아몬드를 콜웨지로 가져가서 팔려고 했습니다."

한숨을 내쉰 강도단 두목은 자포자기하듯 모든 것을 털어놓았다.

그의 말처럼 다이아몬드를 발견한 농부는 자이르의 중요 도시 중의 하나인 콜웨지로 가서 다이아몬드를 팔려고 했다.

하지만 운이 나쁜 농부는 강도단을 만난 것이다.

농부는 강도단에게 다이아몬드 빼앗기고 모든 것을 털어놓은 후 죽임을 당했다.

강도단은 곧장 지도에 표시된 카로로 향했지만, 다이아몬드가 있는 지역에서 얼마 떨어지지 않은 곳에서 용병단이 주민들을 동원에 금을 캐고 있었다.

거리가 가까워 다이아몬드를 채굴하면 분명 용병단에게 발각될 수밖에 없었다. 강도단은 용병단을 물리치기 위해

돈이 필요했고, 알로사 직원들을 납치한 것이다.

납치 자금을 통해서 용병단과 싸울 새로운 용병을 모집할 계획이었다.

하지만 그 모든 계획에서 납치를 알로사의 직원으로 한 것이 문제였다.

강도단 두목의 말은 신빙성이 있었던 데다 현장에서 구출한 알로사 직원은 농부에게서 빼앗은 다이아몬드 원석을 최고등급의 다이아몬드라고 감정했다.

Chapter 8

구출된 알로사의 직원들과 함께 호텔로 돌아왔다.

다이아몬드가 매장된 지역을 알게 됐다 하더라도 정식적인 광산개발 허가를 자이르공화국에서 받아야만 했다.

거기다 불법적인 금광개발을 진행하고 있는 용병단의 세력이 어느 정도인지와 그들에 대한 처리 방안도 파악해야 하는 상황이었다.

"자, 이제 편안히 쉬길 바랍니다. 그동안 정말 고생이 많았습니다."

구출된 두 명의 알로사 직원들을 격려했다. 납치범들의

위협과 억류 생활을 참고 견딘다는 것은 쉽지 않은 일이었다.

"정말 감사드립니다."

"저희를 잊지 않고 계셨다는 것만으로도 매우 고맙습니다."

두 사람이 이렇게 말하는 이유는 치안 부재를 틈타서 벌어지고 있는 외국인에 대한 납치가 알로사 직원들만이 아니었다는 것이다.

작년부터 벨기에와 프랑스, 그리고 중국 국적의 사람들도 강도단이나 반정부 세력에게 납치되었지만 아직까지 해결을 보지 못하고 있었다.

자이르공화국의 현 정부 체제에서는 해결할 수 있는 문제와 능력을 갖추지 못했다. 납치된 사람들의 해당 국가들도 자이르공화국의 특수성으로 인해 적극적으로 임하고 있지 않았다.

현지 여행 규제와 자국민에 대한 철수를 권고할 뿐이었다. 더구나 자이르의 서쪽에 국경을 접하고 있는 르완다에서 내전의 불씨가 피어오르고 있었다.

1994년 르완다 내전을 피해 자이르공화국으로 피신한 백만 명이 넘는 피난민으로 인해서 자이르의 경제가 더욱 파탄지경에 이르게 된다.

"자이르공화국이 아니라 세계 어느 곳에 있든지 간에 우리 직원들에게 문제가 발생한다면 전 반드시 어떠한 수단과 방법을 동원해서라도 그 문제를 해결할 것입니다. 이건 여기 있는 코사크 대원들에게도 해당하는 것입니다."

알로사 직원들의 구출에 큰 공을 세운 코사크 대원들은 내 말에 크게 환호했다.

자신들의 조국인 러시아도 해낼 수 없는 일을 내가 이루어내고 있다는 것을 그들도 잘 알고 있었다.

알로사의 두 직원을 구하기 위해서 나는 막대한 자금과 조직을 동원했다.

그것이 자신들에게도 해당한다는 말은 조직원들에게 있어 크나큰 사기와 자부심으로 연결되는 일이었다.

불확실함으로 가득 찬 미래를 향해 조직을 이끌어 가는 리더라면 회사 구성원들의 마음 깊은 곳으로부터 존경과 신뢰를 얻을 수 있어야 한다.

그래야만 지금보다 더 큰일을 이루어낼 수 있다.

나는 회사의 직원들에게 헌신했고, 직원들은 그 사실을 명확하게 알고 있었다.

자이르공화국에서의 첫날은 성공적이었다.

미래를 대비하기 위한 또 하나의 축이 될 자이르에서 밤은 성공적인 구출작전을 기념하는 파티로 이어졌다.

자이르공화국은 앞으로 아프리카에서 에너지자원 수급에 있어 중추적인 역할을 할 것이다.

알로사의 직원들은 심신의 안정과 건강검진을 위해서 러시아로 돌아갔다.

이번 알로사 직원들의 구출작전과 관련하여 자이르공화국은 코사크에 대한 관심을 드러냈다.

인질로 잡힌 직원들은 물론이고 강도단의 위협으로 볼모로 잡혔던 마을 주민들 중 누구 하나 다친 사람이 없었다.

코사크에 대한 관심은 자이르공화국 대통령인 모부투와 대통령 경호실에서였다.

불안한 정국과 경제 상황이 최악으로 치닫고 있다 보니 수도인 킨샤사에는 불안감이 더더욱 가중되고 있었다.

경제가 점점 어려워지자 모부투 정권에 대한 민심 이반이 더욱 뚜렷해졌다.

더욱이 킨샤사는 유엔 기준에서 대낮에도 외국인은 혼자서 절대 걷지 말 것을 권고할 정도의 수준이었다.

현재 수도의 치안을 담당하고 자신의 손발이 되어주는 보안군들에게도 제때에 급료를 지급하지 못하는 상황이었다.

서방국가들의 원조 중단과 경제봉쇄에 따른 여파였다고

는 해도, 결국은 모부투 정권에 만연한 부패가 자초한 일이었다.

이런 상황에서 코사크의 대원들이 북한의 김평일 당비서까지 경호를 했다는 말이 모부투 대통령 귀에 들어간 것이다.

이곳 킨샤사에는 북한의 대사관이 상주하고 있었다.

다음날 나는 대통령 궁을 방문해 모부투 대통령을 만났다. 이 자리에는 러시아 주재대사인 바탈리도 동행했다.

"직원들의 무사 귀환을 진심으로 축하합니다."

"감사합니다. 자이르 정부의 도움에도 감사드립니다."

실질적인 도움은 없었지만, 코사크 대원들의 활동을 제약하지 않은 것에 대한 고마움이었다.

"하하하! 솔직히 우리가 크게 도움을 드리지는 못했습니다. 코사크라고 했습니까? 러시아 최고의 경호업체라고 하던데요."

올해 63세인 모부투는 웃으면서 말했다. 30년 이상 장기 독재 정권을 유지하고 있는 모부투는 동서 간의 냉전을 이용하여 반공주의를 지향했다.

그 대가로 미국 등 서방 국가들의 원조와 지원을 받았으나, 그 대부분을 착복하며 정권유지에만 급급하여 국가 경제를 파탄으로 몰아넣었다.

현재까지 그가 착복한 자금은 50억 달러에 달했고, 모부투 대통령의 부패는 측근과 정부 관료들의 부패로 이어져 자이르공화국을 놀라울 만큼의 부패한 국가로 이끌었다.

수도인 킨샤사는 자이르의 식량 자원을 독점하면서 농촌에는 식량 부족으로 인해 기아가 만연했고, 풍부한 광물 자원들이 헐값에 국외로 유출되고 있었다.

그리고 이 모든 이익은 모부투의 호주머니로 들어갔다.

"예, 러시아에서 코사크를 통하면 안전을 확보하실 수 있습니다. 러시아에 진출한 상당수의 외국 기업들과 해외공관 주재원들도 코사크를 이용하고 있습니다."

"그러면 나도 좀 코사크의 도움을 받을 수 있겠습니까? 국내외로 어려운 문제를 해결하다 보니 날 미워하는 친구들이 있습니다. 물론 대통령 경호대들도 믿을 만하지만, 가족들의 안전도 염려되는 상황이라서 말입니다."

자이르공화국은 윗물이 썩을 대로 썩자 아래쪽도 자연스레 광범위하게 부패가 이루어졌다. 그러다 보니 대통령이 믿을 만한 인물들도 적어졌다. 너도나도 자신들의 이익을 좇아 움직이는 인물들이 대다수였다.

"물론 이용하실 수 있습니다. 대신 세계 최고의 실력을 지닌 코사크이기 때문에 의뢰가 많이 밀려 있습니다."

사실이었다. 모스크바는 물론이고 러시아의 주요 도시에 있는 기업들과 인사들이 코사크에게 경비업무와 경호를 요청했다.

코사크가 명성을 얻을수록 그 수요는 계속해서 늘어났고, 요청을 모두 수용할 수 없을 정도였다.

아이러니한 것은 러시아가 혼란스럽고 마피아가 기승을 부릴수록 코사크는 가파르게 성장하고 있다는 것이다.

"하하하! 내가 이렇게 부탁을 해도 말입니까?"

내 말에 모부투는 웃으면서 말했다.

"죄송한 말씀입니다만, 이젠 저희가 이곳에 남아 있을 이유가 없어서 말입니다."

"아니, 자이르에 투자를 하러 오신 것이 아니었습니까?"

모부투는 내 말에 웃음기가 사라진 표정으로 물었다. 그도 그럴 것이 남보 에너지부 장관에게 자이르공화국에 상당한 투자를 하겠다는 말을 했다.

그 말이 그대로 남보의 입을 통해 모부투 대통령에게 전해졌었다.

"대통령님께서 말씀하신 대로 투자를 고려했었지만, 이곳 현지의 사정이 저희가 생각한 것보다도 녹록지 않아 계획을 수정했습니다."

자이르공화국에 머물렀던 외국 기업들도 하나둘 떠나가

는 상황에서 한국과 러시아에 큰 기업을 거느린 나의 방문에 모부투는 은근 기대를 하고 있었다.

현재 서방 원조도 끊겨 그의 돈줄이 말라가고 있었다.

"무슨 문제가 있어서 그렇습니까?"

모부투는 내 말에 신경이 거슬렸는지 목소리가 커졌다.

"저는 기업가입니다. 이익이 날 수 없는 환경에는 투자할 수가 없습니다. 자이르공화국에 투자를 하기 위해서는 최소한의 제반적인 인프라와 직원들의 안전문제가 해결되어야 하지만, 솔직히 말씀드리면 이곳은 투자를 받을 만한 여건이 전혀 조성되어 있지 않습니다."

솔직한 이야기였지만 듣고 있는 모부투 대통령에게는 자존심이 상할 수도 있는 말이었다.

듣고 있던 모부투도 웃음을 보였던 처음과 달리 표정이 구겨졌다.

"그걸 지금 말이라고 하는 것입니까? 우리 자이르가 나라도 아닌 만큼 형편없다는 말이오?"

웃음기가 사라진 모부투는 나에게 항의하듯이 따져 물었다.

"그런 뜻은 아닙니다. 투자할 여건과 조건을 갖추지 못한 것일 뿐이지, 나라가 아니라는 말은 아닙니다. 제대로 된 투자가 이루어질 수 있게 최소한의 조건이 갖추어진다면 저는 러시아에서처럼 과감한 투자를 진행할 것입니다."

난 일부러 모부투가 화를 낼 수 있는 말들만 골라서 내뱉었다.

"얼마나 투자를 할 수 있길래 그런 소리를 하는지 모르겠소."

감정이 상한 모부투의 말투가 달라졌다.

"최소 10억 달러입니다. 저희가 원하는 상황이 된다면 30억 달러도 가능할 수 있습니다."

내 말에 모부투의 표정이 또다시 달라졌다. 30년을 넘게 자이르를 통치하고 있었지만 내가 이야기한 만큼의 자금을 투자하겠다는 회사나 인물이 지금까지 없었다.

"그게 사실입니까? 강태수 회장께서 그만한 자금을 투자할 수 있는 능력이 된단 말입니까?"

내 말을 의심하듯이 물어왔다. 그도 그럴 것이 내가 큰 기업을 거느리고 있다는 말을 들었지만, 구체적으로 어느 정도인지는 알지 못했다.

"예, 제가 운영 중인 러시아의 룩오일에서 작년에만 120억 달러에 달하는 동시베리아 파이프라인 투자를 발표했습니다. 그에 따라서 현재 원유와 천연가스를 수송하는 파이프라인 공사가 이루어지고 있습니다. 이러한 사실은 여기 계신 바탈리 대사도 잘 알고 있는 내용입니다."

"예, 러시아 정부의 지원 없이 단일 회사가 러시아에 투자한 최고 금액입니다."

바탈리 대사가 내 말에 사실임을 입증하는 말을 했다. 러시아의 어려운 경제 환경에서 이루어진 동시베리아 파이프라인 투자와 공사는 러시아 경제의 숨통을 트여주는 일이었다.

"하하하! 120억 달러를 투자하셨단 말입니까?"

이야기를 들은 모부투는 다시금 웃음을 되찾았다.

"예, 물론 러시아도 투자여건이 갖추어졌기 때문에 투자가 진행된 것입니다."

"음, 그렇다면 어떻게 해야만 자이르에 투자를 하실 수 있다는 것입니까?"

모부투는 욕심이 가득한 눈빛으로 물었다. 그는 자이르 공화국에 대한 투자를 자신에 대한 이권 사업과 연관을 지었다.

그 과도한 욕심이 결국 지금의 권좌에서 축출되게 만드는 가장 큰 요인이었다.

"저희에게 전반적인 모든 제반 상황을 맡겨주신다면 인프라를 비롯한 다양한 사업을 진행하겠습니다. 우선하여 마타디 항의 시설에 대한 투자와 운영을……."

나는 모부투에게 자이르 투자에 관한 구체적인 방법과

상황을 하나씩 말해주었다.

국제적으로 압박을 받고 있는 모부투 정부는 주도적으로 경제를 활성화하고 경기를 진작할 능력이 없었다.

정부의 핵심인사들은 모두 능력과 상관없이 자신의 측근들로 세웠고, 그 측근들은 모부투 대통령 못지않게 자신의 권력을 이용하여 이권을 챙겼다.

모부투 대통령의 수명은 앞으로 3년뿐이었다. 나는 그를 대통령의 권좌에서 더 일찍 끌어내릴 계획이다.

그것이 자이르공화국에도 국민들에게도 도움이 되는 일이었다.

그렇기 위해서는 자이르에서 확고한 세력을 구축하고 자위권을 행사할 수 있는 무력을 갖추어야만 한다.

\*        \*        \*

자신이 합리적이고 이성적이라고 생각하는 똑똑한 사람일수록 투자에서도 성공할 거라고 확신하는 경향을 가졌다.

하지만 투자에서 가장 경계해야 할 것 중 하나가 바로 스스로 많이 알고 있다는 자부심이다.

"이거 한라건설에 문제 있는 거 아냐?"

한라건설에 투자를 했던 개인투자자가 자신을 담당하는 증권사 직원에게 따져 물었다.

증권사 직원을 통해서 한라건설을 권유받았던 그는 오랜 주식 경험을 통해서 한라건설 주가가 올라갈 것을 확신했었다.

금호와 옥수동 재개발사업의 시공사로 선정되었을 때만 해도 그의 예상은 적중한 듯했었다. 하지만 지금 한라건설의 주식은 뚜렷한 이유 없이 흘러내릴 뿐이었다,

"후! 저도 이유를 잘 모르겠습니다. 통상적인 흐름이 아니라서요. 아시다시피 진행하는 사업도 그다지 문제 되는 것도 없는 데 말입니다."

표면상으로 보이는 한라건설의 사업은 문제 될 것이 없어 보였다. 언론에서도 한라건설이 진행하는 사업에 대한 전망을 좋게 내어놓았다.

하지만 금호와 옥수동에서 벌어지는 문제들은 아직 표면적으로 언론과 주식시장에 알려지지 않았다.

"그런데 주가가 왜 이래? 한 달 내내 빠지기만 하잖아."

"저도 죽겠습니다. 이번에 물타기 하려고 대출까지 받았습니다. 건설주 다 날아가고 있는 상황에서 뺄 수도 없고요. 누가 흔드는 것 같지도 않고."

한라건설을 뺀 나머지 건설주들은 새 정부에 벌이는 다

양한 건설사업과 신의주 특별행정구의 특수로 인해 다들 빨간불이 켜진 상태였다.

한마디로 건설주의 전망은 장밋빛이었다.

"더는 안 되겠어. 내건 모두 팔아."

"조금만 더 기다려 보시죠."

"아니야. 감이 안 좋아."

"지금 파시면 후회하실지도 모릅니다."

증권사 직원의 말에 잠시 고민을 하는 순간이었다. 오전부터 천원이 빠졌던 한라건설의 주가가 가파르게 내려가더니 순식간에 하한가로 곤두박질했다.

"어! 저거 뭐냐? 야! 빨리 팔아!"

전광판을 확인하자마자 개인투자자가 소리쳤다. 하지만 매물만 쌓일 뿐 거래가 이루어지지 않았다.

투자자들은 주가 폭등기에 남들이 하면 나도 해야 한다는 심리로 함께 참여한다.

주가가 폭락할 때도 그 상황은 변하지 않는다.

다수에 편승하는 것은 당연한 인가 심리에 따른 결과이다. 사람들은 자신의 판단과 집단의 판단이 다를 경우 대개 집단의 판단이 옳을 것이라는 생각을 한다.

그래야 안심이 되기 때문이다. 한라건설이 처음으로 하한가로 진입하자 너도나도 주식을 팔기 위해 내던졌다.

시장의 분위기는 더욱 악화하였고 한라건설에 대한 좋지 않은 소문들이 하나둘 흘러나왔다.

*　　　*　　　*

자이르공화국 수도인 킨샤사의 쥬앙가 지역에 코사크 대원들이 자리를 잡았다.

대통령궁에서도 얼마 떨어지지 않았고 중심가로 진출하기에도 좋은 위치였다.

그곳에는 콘크리트로 튼튼하게 짓은 3개의 건물이 있었다.

2개는 단층 건물이고, 하나는 2층 건물로 자이르공화국을 식민지로 두었던 벨기에 육군에서 지어놓은 건물이었다.

최근까지 사용했던 건물들이라 내부시설을 모두 사용할 수 있었다.

정문에 바리케이드를 설치하고 방어를 위해 건물 옥상에 중기관총을 배치했다.

자이르공화국의 진출을 위해서 코사크의 전투 대원들 150명을 새롭게 충원했고, 현재 150명의 인원은 모스크바에서 훈련 중이었다.

이들은 마타디 항구와 광산개발 지역에 배치되어 닉스코어의 재산을 지킬 예정이다.

자이르공화국의 남보 에너지부 장관과 자이르공화국의 포괄적 광산개발과 마타디 항구의 개발사업 및 운영협정 계약을 체결했다.

닉스코어는 마타디 항구의 시설현대화 사업과 40년간 운영을 맡는다는 계약이었다.

이 조건을 성사시키기 위해서 일차적으로 2억 달러에 달하는 마타디 항의 정비작업이 진행될 것이다.

더불어서 45톤의 크레인과 컨테이너 운반용 리치스태커, 트레일러, 지게차, 이동식 크레인, 트럭 등을 공급할 계획이다.

또한 소빈뱅크에 모부투 대통령의 비자금을 보관하기로 했다.

모부투는 스위스와 이집트 은행에 자금을 예치하고 있었다.

자이르공화국 내에 있는 12억 달러의 자금을 소빈뱅크에 예치하기로 한 것이다. 불안한 정국이 계속되자 자신의 비자금을 밖으로 빼돌리고 싶어 했다.

하지만 서방의 감시가 심해지자 유럽 은행을 이용하기가 불편해졌고 아프리카 은행들은 불안했다.

러시아의 소빈뱅크는 고객들을 위해 비밀주의를 우선으로 했고, 러시아 정부도 소빈뱅크에 한해서 외환거래의 한도를 두지 않고 있었다.

모부투 정권이 무너지면 이 돈은 자이르공화국에 재투자될 것이다.

광산개발은 현재 운영 중인 광산이 아닌 새롭게 발굴될 광산지역들을 선정했다. 모두가 대규모 광물들이 발견된 텐케과 무탄다 광산이 있는 지역들이었다.

또한 다이아몬드가 발견된 카로지역을 포함했다.

러시아에서 공격헬기와 추가 병력이 도착하는 대로 카로에 있는 용병단 처리도 조만간 시작될 것이다.

모부투 대통령은 닉스코어의 재산을 지키는 코사크의 활동을 제약하지 않기로 했다.

그의 가족들 또한 코사크의 보호를 받을 것이다.

자이르공화국에서의 닉스코어 사업이 순조롭게 시작되고 있었다.


자이르공화국의 국영교통공사에서 마타디 항구의 관리 권한을 모두 넘겨받았다.

이를 위해서 국영교통공사와 모부투 대통령에게 3백만 달러를 지급했다.

이날을 기점으로 해서 항구에서 벌어지고 있는 불법적인 형태의 운송과 물품 반입을 막아버렸다.

그러자 항구에는 이를 항의하는 인물들로 넘쳐났다.

마타디 항구는 지금까지 정상적인 방법인 아닌 편법적인 방법과 불법을 통해서 항구에서 물건을 밀반입하는 형태가 광범위하게 이루어졌었다.

"앞으로도 닉스코어에서 발생한 서류에 도장을 받은 물건만 반입과 반출을 허락합니다. 다른 곳에서의 허가 서류는 일절 허용되지 않습니다."

이미 항구 여러 곳에 공고문을 붙여놓았다. 마타디 항구를 이용하는 사업체들에게도 공문을 보내 바뀐 상황을 전달했다.

하지만 습관처럼 마타디 항구의 모든 일을 주관했던 국영교통공사의 인물들을 통해서 물건을 빼내려고 했다.

"무슨 소리야? 이미 난 돈을 지급했어. 물건을 싣고 갈 테니까 알아서 해."

한 인물이 자신이 몰고 온 트럭에 올라타더니 항구로 진입하려고 했다.

탕!

하지만 총소리와 함께 트럭의 유리창이 깨지자 트럭을 멈출 수밖에 없었다.

트럭 운전석으로 총을 겨누고 있는 인물은 자이르공화국의 보안군이 아니었다.

현재 마타니 항구에는 40명의 코사크 대원이 중무장을 한 채 머물고 있었다.

트럭에 올라탄 인물은 죽기 싫은지 트럭에서 천천히 내려왔다.

"돈을 지급한 사람한테 가서 따지시기 바랍니다. 닉스코어에 접수한 서류와 허가증을 가진 사람만 항구로 들어설 수 있습니다."

닉스코어에서 고용한 현지 직원이 몰려든 사람들을 향해 소리쳤다.

그의 주변으로 열 명이 무장한 코사크 대원이 소총을 들고서는 항구 입구를 막아섰다.

항구 출입구 옆으로는 중기관총으로 무장한 코사크 고속 장갑차가 눈에 띄었다.

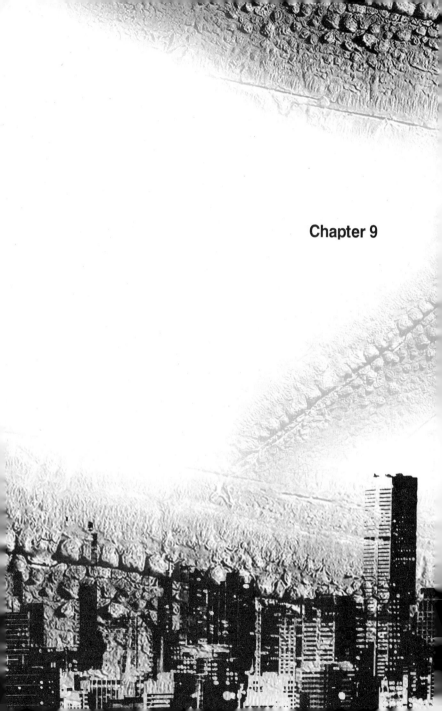

Chapter 9

"이대로 둘 수는 없습니다. 항구에 묶여 있는 물건을 빼내야 합니다."

항구에 묶여 있는 물품 속에 들어있는 마약을 가져오지 못한 비앙카 조직은 난감했다.

마약은 다시금 스페인으로 보낼 물건이었다.

"러시아 놈들이 항구를 장악하고 있잖아."

비앙카를 이끌고는 있는 모툼보는 신경질적으로 말했다.

"보마놈들에게 협조를 구하는 게 어떻겠습니까?"

"보마놈들에게?"

모툼보는 부하의 말에 심각한 표정으로 입을 열었다.

보마 조직은 비앙카와 경쟁을 하고 있는 조직이었다. 주로 유럽에서 들여오는 밀수품을 거래하는 조직이었다.

"수익의 절반을 주고서라도 마약을 찾아오는 것이 현재로써는 가장 좋은 방법이니까요. 이대로 있다가는 아무것도 할 수 없습니다."

비앙카 조직의 자금이 대부분 마약 구매에 들어간 상황이었다. 더구나 마약을 스페인으로 보내지 않으면 위약금을 물어내야만 했다.

"음, 하긴. 우리끼리는 힘들겠지. 놈들에게 연락해. 오늘 밤 항구를 바로 기습한다."

모툼보는 결심한 듯 말했다. 자신의 조직과 비앙카의 조직원들을 합하면 50명의 인원을 동원할 수 있었다.

*       *       *

호텔에서 앞으로의 진행할 계획을 점검할 때였다.

현지 정보원에게서 다급한 소식이 전해졌다. 자이르공화국 내의 폭력조직이 마타디 항구를 습격하려 한다는 정보였다.

"예상은 하고 있었지만, 생각보다 빨리 움직이는군."

마타디 항구의 불법적인 거래를 모두 막아버린 상황이었다.

한마디로 항구를 이용하던 밀수조직들이 된서리를 맞은 것이다.

항구에 묶여 있는 짐들을 빼가기 위해서는 새로운 서류와 비용을 지급해야만 했다.

문제는 서류와 반입반출 물품이 같아야만 통과가 이루어질 수 있었다.

이전처럼 뇌물을 받은 자이르 국영교통공사의 직원들 통해서 밀반출을 진행했던 일들이 막힌 것이다.

"비앙카와 보마라는 조직입니다. 대략 50명쯤의 인원들이 항구에 있는 물류보관창고를 노리는 것 같습니다."

코사크 정보팀의 쿠즈민의 말이었다.

현재 열 명의 코사크 정보팀과 러시아 연방방첩국(FSK) 소속 두 명의 요원들이 정보를 수집하고 있었다.

이들을 통해서 고용된 자이르공화국 현지 정보원 38명이 주요 도시에서 활동하고 있었다.

현지에 대한 정보수집은 자이르공화국에 입국하기 전부터 제일 먼저 진행한 일이었다.

"항구의 경비 인원은 얼마나 되지?"

"40명의 인원이 돌아가면서 경비를 서고 있습니다."

"항구에 경비를 서는 자이르 보안군은 놈들과 한패라고 봐야겠지?"

유일한 자이르공화국의 무역항인 마타디 항구에는 보안군도 경비를 섰다. 하지만 3개월 전부터 급여가 절반밖에 나오지 않은 이후부터 더욱더 밀수조직과 연관된 상태였다.

분명 보안군에게 뇌물을 써서 관여하지 않게 할 것이 분명했다.

"예, 보안군은 경비를 서지 않을 것입니다."

"이번 기회에 확실하게 코사크의 힘을 보여줘야겠어. 타격대를 준비시켜."

자이르공화국과의 투자 계약에 있어 닉스코어의 재산과 시설물을 지키려는 조치에는 어떠한 무력 사용도 허용되었다.

"알겠습니다."

쿠즈민은 코사크 타격대의 출동을 전하기 위해 밖으로 향했다.

"여기서도 한동안은 전투가 끊이지 않을 것 같습니다."

김만철이 테이블 위에 놓인 전용 소총을 청소하며 말했다.

"자리를 굳건하게 잡으려면 몇 년간은 전투가 이어질 것

입니다. 앞으로 모부투 정권과도 싸움을 벌여야 하니까
요."

"모부투 대통령을 굳이 끌어내려야 합니까?"

김만철은 궁금한 듯 내게 물었다.

"우리가 더 큰 것을 얻기 위해서는 모부투가 사라져야 합
니다. 그래야만 자이르공화국의 국민들도 지금보다는 더
나은 삶을 살아갈 수 있습니다."

부패한 정권을 이용하는 것도 하나의 방법이었지만 모부
투는 너무나 탐욕스러웠다.

닉스코어가 추진하는 개발사업에서 얻어지는 이익의 절
반을 요구하고 있었다.

광산개발에 필요한 인프라투자를 모두 닉스코어가 추진
해야 하는 상황에서 절반의 이익을 가져간다는 것은 도둑
놈의 심보였다.

"로랑 카빌라라는 인물이 지금의 모부투 대통령보다 더
나은 인물입니까?"

"글쎄요. 그도 별반 다르지 않을 것입니다. 그는……."

쿠바에 성공적인 혁명을 일으켰던 체 게바라는 1965년 4월
콩고 민족주의자들의 투쟁을 지원하기 위해 콩고로 건너와 로
랑 카빌라를 만났다.

두 사람은 의기투합했고 혁명을 위해 콩고 내전에 뛰어

들었다.

하지만 6개월간의 투쟁 이후, 체 게바라는 로랑 카빌라의 혁명가 자질을 의심한 후에 콩고의 혁명을 포기하고 볼리비아 전선으로 옮겨갔다.

카빌라는 대중적 지도자로서의 잠재적 자질을 갖췄음에도 말과 행동이 다르고 행동하는 의지가 없다는 것에 환멸과 회의를 느낀 것이다.

로랑 카빌라는 1997년 5월, 모부투 정권을 몰아내고 혁명을 완수시켰다.

무려 32년간 봉건 군주처럼 콩고를 철권통치를 해오던 모부투 대통령이 권력에서 축출된 것이다.

카빌라가 수도 킨샤사에 입성했을 때 절대다수의 국민들은 그를 해방자이자 영웅으로 맞이하였다.

카빌라는 그에 화답하듯이 1997년 대통령에 취임하자마자 국명을 자이르공화국에서 콩고민주공화국으로 바꾼 뒤 민주국가 건설을 약속하였다.

그러나 그런 희망과 기대는 얼마 안 있어 절망으로 급변했다. 카빌라는 모부투의 독재와 전횡을 그대로 답습했다.

측근들과 가족들을 정부 요직에 배치해 권력을 사유화하고 1999년 4월에 실시하기로 했던 총선도 취소하는 등 정당 활동을 금지했다.

이로 인해 일반 대중의 정치적 무관심과 혐오감을 증폭시켰을 뿐만 아니라 경제를 파행으로 치닫게 했다.

"그런데 왜 로랑 카빌라를 만나려고 하십니까?"

"자이르에 닉스코어가 확실하게 뿌리를 내리려면 그가 필요합니다. 그리고 아직은 자이르에 카빌라만 한 인물이 없습니다. 우리의 2차 목표는 루붐바입니다. 그곳에서……."

아직도 자이르공화국은 식민 통치를 했던 벨기에의 영향력이 적지 않았다.

주기율표의 모든 원소가 생산된다고 할 정도로 풍부한 지하자원을 자랑하는 아프리카 대륙의 심장인 자이르의 카탕카주 루붐바에 벨기에의 광산기업들이 몰려 있었다.

카빌라의 도움을 받아야만 루붐바에 진출할 수 있었다.

루붐바는 광산의 수도라 불릴 만큼 자이르 내 광산업의 핵심이자 제2의 도시이자 다국적 광산회사들이 밀집한 광물자원의 메카였다.

그러다 보니 각 광산회사의 영향력을 무시할 수 없었다.

현재 모부투 정권의 지지기반이 되어주고 있는 벨기에 광산회사들을 카빌라가 정권을 잡아야 정리할 수 있었다.

또한 동부 지역의 노부 키부 주에 풍부한 희유(希有)금속인 탄탈럼을 차지해야만 한다.

탄탈럼은 앞으로 국제 사회에서 귀한 대접을 받는 금속이다. 회색 금이라고도 불리는 탄탈럼은 녹는 온도가 높고 다른 금속과 결합하여 강도를 높여주는 특성이 있어 휴대폰과 노트북, 컴퓨터 등 전자제품에 들어간다.

향후 수요가 폭증하여 국제 시세도 가파르게 올라갔다.

동부지역인 노부 키부 주는 탄탈럼 세계 매장량의 80%가 매장되어 있다.

하지만 정상적으로 개발되면 유례없는 국부를 갖다 줄 수 있는 자이르공화국의 지하자원은 되레 저주가 되고 있었다.

"매번 느끼는 것이지만 회장님은 어떻게 그런 것까지 다 알고 계시는지 모르겠습니다."

김만철은 고개를 절레절레 흔들면서 말했다.

"하하하! 저도 다는 모릅니다. 확률이 높은 쪽에 투자를 하는 것뿐이지요. 자! 우리도 움직일까요?"

"이번에도 나서지 마십시오. 눈먼 총알이 회장님에게 맞을까 겁이 나니까요."

김만철은 정비가 끝난 자동소총을 어깨에 메며 말했다. 알로사 직원들을 구출하는 작전에도 난 뒤에서 지켜만 보았었다.

모스크바에서 옐친 대통령을 구할 때처럼 직접 전투에는

이젠 참가하지 않았다.

"잘 알고 있습니다. 이젠 내 몸이 내 것이 아니라는 것을 요."

이곳에 도착하면서부터 나를 경호하는 열 명의 인원이 중무장을 한 채로 따라다녔다.

내가 쓰러지면 지금껏 이루어 놓은 모든 것이 한순간에 물거품이 될 수 있었다.

한국과 러시아를 비롯한 북한의 신의주 특별행정구와 미국에서의 사업도 나를 중심으로 해서 운영되고 있었기 때문이다.

"제가 철통같이 지켜드릴 테니까 너무 염려하지 않으셔도 됩니다."

"후후! 그 철통이 너무 약해서 문제지요."

김만철의 말을 들은 티토브 정이 웃으면서 밖으로 나갔다.

"야! 내 어디가 약한데?"

김만철은 티토브 정의 말에 항의하듯이 소리를 지르며 티토브 정을 잡으러 달려갔다.

그 모습에 절로 웃음이 나왔다.

\*　　　\*　　　\*

어둠이 드리워진 마타디 항구 주변으로 검은 그림자들이 몰려들었다.

80명이 넘어선 인물들의 손에는 AK소총과 불법적으로 만든 사제총기들을 들고서 마타디 항구 쪽으로 향했다.

이들은 마타디 항을 모여든 인물들 대부분은 비앙카와 보마 조직원들이었지만 다른 조직의 인물들도 있었다.

이들이 항구로 접근해오자 외부에서 경비를 서던 보안군 다섯 명이 재빨리 자리를 이탈하기 시작했다.

"말했던 것처럼 창고에서 마약을 찾은 후에 너희가 가지고 싶은 것은 마음껏 집어와도 된다."

비앙카 조직을 이끄는 모툼보가 부하들을 향해 말했다. 창고를 약탈한다는 말 때문인지 모툼보가 예상했던 인원보다도 더 많은 인원들이 몰려들었다.

모툼보의 말에 검은 피부에 또렷이 보이는 흰 눈동자들에는 탐욕과 욕망이 가득했다.

"자! 러시아 놈들에게 본때를 보여주자."

모툼부의 말이 떨어지자 모여든 인물들이 항구로 들어가는 입구로 내달리기 시작했다.


옅은 안개가 피어오르는 마타디 항구는 조용했다.

자물쇠로 잠겨 있는 항구의 입구에서 보초를 서던 코사크 대원들도 보이지가 않았다.

성격이 급한 인물들은 이미 철조망을 넘어가기 시작했다.

"하하! 놈들이 달아났나 본데."

자물쇠로 잠겨 있는 입구를 절단기를 이용해 자물쇠를 자르자마자 비앙카와 보마 조직원들은 거침없이 물류창고가 있는 쪽으로 내달렸다.

마치 물류창고에 보관된 물품들이 자신들의 것이라는 것처럼 환호성을 내지르는 인물들도 있었다.

그들은 주변을 살피지도 않았다.

그때였다.

선두에서 뛰어가던 인물이 갑자기 균형을 잃고 그대로 꼬꾸라졌다.

광! 파파팡!

그와 동시에 어둠을 밝히는 조명탄이 하늘로 치솟았다.

"너희들은 불법적으로 항구를 침입했다. 총기를 버리고 항복해라!"

항구에 설치된 확성기에서 항복을 권하는 방송이 나오자 항구에 침입했던 인물들 모두가 움직임을 멈췄다.

"놈들이 우리를 기다린 것 같습니다."

비앙카의 조직원이 모툼보에게 말했다.

"여기까지 와서 그냥 갈 수는 없어. 고작 몇십 명으로 우리 상대할 수는 없지. 놈들을 죽이고 창고를 차지한다. 공격해!"

모툼보는 항구에 있는 코사크 병력의 숫자를 오판하고 있었다. 더구나 이들은 코사크의 전투력을 자신이 상대해오던 자이르공화국의 보안군 수준으로 판단했다.

"창고를 차지하자!"

타다타탕! 타탕!

모툼부의 명령이 떨어지자 부하들은 확성기가 들려온 쪽으로 총을 난사했다.

"어쩔 수 없는 놈들이군."

항복을 권했지만, 탐욕에 눈먼 인물들은 눈앞에 다가온 위험을 감지하지 못했다.

"처리해."

내 말이 떨어지자 코사크 대원들의 반격이 시작되었다.

이미 유리한 위치를 선점한 상태에서 총격전이 벌어졌다.

타타다탕! 탕타다탕!

어둠을 가르는 총알이 사방으로 흩날렸다. 코사크 대원들은 정조준한 상태에서 항구에 침입한 인물들을 일사천리로 처리해 나갔다.

비앙카와 보마 조직원들은 총알이 어디서 날아오는지도 모른 채 사방으로 총을 쏠 뿐이었다.

더구나 훤히 몸을 드러내놓고 있는 상황에서의 전투는 일방적일 수밖에 없었다.

순식간에 선두에 섰던 30명의 인물들이 바닥에 쓰러져 고통스러운 비명을 질렀다.

"이러다가 모두 전멸합니다. 후퇴해야 합니다."

모툼보를 향해 울부짖듯이 외치는 비앙카 조직원의 눈은 두려움이 가득했다.

철제드럼통 뒤로 간신히 몸을 숨긴 모툼보 또한 당황스럽기는 매한가지였다.

총을 쏘기 위해 고개를 내밀 수도 없었다. 앞쪽에 있던 부하 세 명이 고개를 드는 순간 그대로 고개가 뒤로 꺾이며 쓰러졌다.

코사크의 저격수는 백발백중의 실력을 보여주고 있었다.

"몸을 빼는 순간 죽는다."

모툼보는 죽고 싶지 않았다. 아니 지금 항구에 있는 자신이 너무나 후회스러웠다.

"그럼 어떻게 합니까?"

"나도 몰라! 알아서 빠져 나가!"

부하의 말에 모툼보는 신경질적으로 소리쳤다. 어떻게 할 방법이 없었다.

이미 절반이 넘는 인원들이 항구에 쓰러져 있었고, 대응 사격을 하는 조직원들을 찾아볼 수 없었다.

다들 몸을 숨긴 채 웅크리고 있었다. 맨 뒤에 있던 인물들 서너 명만이 죽을힘을 다해서 항구에서 벗어났을 뿐이었다.

이대로는 죽음만을 기약할 뿐이었다.

타타타! 타타타!

엎친 데 덮친 격으로 하늘에서 헬리콥터 소리가 들려왔다. 공중에서 사격을 가하면 지금의 엄폐물도 소용이 없었다.

그때 다시 확성기에서 소리가 들려왔다.

"무기를 버리고 항복하라! 이번이 마지막 기회다!"

확성기의 소리가 들리자마자 살아남은 수십 명의 인물이 앞다투어 총을 버린 채 두 손을 들며 항구 중앙으로 모습을 드러냈다.

그 속에는 비앙카의 조직을 이끄는 모툼보도 있었다.

항구에 침입했던 80명이 넘는 인원들 중 26명이 현장에서 사살되었고 40명이 크고 작은 부상을 입었다.

그러나 코사크의 대원들은 누구 하나 부상자가 없었다.

현장에서 체포된 인원들은 무기를 회수한 후에 모두 자이르공화국의 경찰에 넘겼다.

자이르 경찰도 어쩌지 못했던 비앙카와 보마 조직이 일망타진된 것이다.

다음날 오후 마타디 항구는 정상적으로 운영되었고, 이전처럼 항의를 하는 인물들의 모습을 찾아볼 수 없었다.

마타디 항구에서 벌어졌던 사건은 수도인 킨샤사와 마타디 지역은 물론 자이르공화국 전역으로 빠르게 퍼져 나갔다.

*　　*　　*

킨샤사의 곰베(Gombe) 지역에 있는 한 주택가에 세 명의 인물이 모여 있었다.

곰베는 킨샤사 시내에 자리 잡은 곳으로 외국인이 주로 거주하는 지역이었다.

"러시아 놈들이 왜 이곳에 온 거지?"

사십 대로 보이는 금발의 인물이 물었다. 그는 중부 아프리카의 CIA 조직을 운영하기 위해 파견된 CIA의 알렉스 팀장이었다.

현재 알렉스는 탄자니아에 머물고 있었다.

30대 초반으로 보이는 두 인물 또한 자이르공화국에 활동하는 CIA의 요원이었다.

"놈들도 자이르의 지하자원에 욕심을 내는 것 같습니다."

"바탈리가 끌어드린 것은 아니겠지?"

알렉스는 현지 러시아 대사인 바탈리를 의심했다.

"그건 아닌 것 같습니다. 러시아의 알로사 직원의 납치사건 때문에 코사크라는 경비업체가 이곳으로 들어온 것 같습니다."

"코사크 놈들이 어느 정도이길래 비앙카와 보마 조직이 한순간에 괴멸된 거야?"

비앙카와 보마 조직은 마타디 항구에서 활동하는 폭력조직 중에서 가장 세력이 큰 조직이었다.

밀수와 마약운반으로 돈을 벌어들여서 무기 구매와 함께 세력을 계속 확장하는 추세였다.

두 조직은 다른 작은 조직이 사용하는 사제총기와 달리 러시아제 AK—47 자동소총으로 무장했다.

마타디 항구를 이용하는 작은 조직들은 두 조직의 하부조직이라고도 할 수 있을 정도로 비앙카와 보마 조직의 세력의 힘은 상당했다.

그러나 단 한 번의 전투로 두 조직이 회생불능 상태로 빠져 버린 것이다.

"러시아의 경비업체입니다. 러시아 특수부대 출신의 군인들과 KGB가 해체되면서 나온 인력들을 끌어들여서 만들었습니다. 주로 러시아의 진출한 사업체와 외국인들에 대한 경비와 경호업무를 맡고 있습니다. 자체적인 훈련 프로그램을 갖추고 있는 것으로……."

며칠 수염을 깎지 않아 거칠어 보이는 모습의 브랜든 요원이 코사크에 관해 설명했다.

코사크가 자이르공화국에 진출하자 러시아에서 활동하는 CIA 팀에게서 자료를 넘겨받았다.

"러시아에서는 코사크의 경비를 받는 업체들은 마피아들이 건드리지 않는 불문율이 생길 정도로 사세를 확장하고 있습니다. 실제로 러시아의 마피아 조직 세 곳이 코사크와 충돌 후에 괴멸되었습니다."

현장 요원인 커너가 브래든의 이야기를 받아 끝을 맺었다.

"음, 코사크는 구소련 때부터 존재했던 업체인가?"

"설립은 구소련 때인지는 확실하지는 않습니다만 3년 정도 되는 업체로 파악하고 있습니다."

"고작 3년밖에 안 된 업체가 러시아에서 가장 강력한 힘을 발휘한다는 말이야? 정치권의 비호가 있는 건가?"

알렉스는 두 요원의 이야기가 믿기지 않았다. 러시아는 공산주의가 무너지고 자본주의 정책을 받아들인 후부터 정치와 경제가 혼란스러운 상황이었다.

현재 그 혼란을 가장 잘 이용하는 것이 마피아와 러시아 신흥 재벌인 올리가르히들이다.

더구나 마피아의 세력은 스펀지에 물이 흡수되는 것처럼 무서운 속도로 늘어났다. 그런데 이들 마피아가 피하는 세력이 바로 코사크라는 말에 알렉스 팀장은 놀란 것이다.

"러시아 정부와 밀접한 관계를 맺고 있는 것은 확실합니다. 코사크는 수사권과 체포권까지 부여받은 상태입니다."

"음, 놀랍군. 누가 운영하고 있지?"

"코사크의 실제 주인이 누구인지는 알려진 것이 없습니다. 소문에는 고려인 3세라는 말이 있습니다만 확인되지는 않았습니다. 저희가 판단하는 것은 옐친 쪽 인사가 관여한 것으로 보고 있습니다."

코사크는 물론이고 룩오일NY을 탄생시킨 후에도 러시아에서 강태수의 존재가 드러나지 않게끔 여러 가지 소문을 나도록 했을 뿐만 아니라, 여러 장치를 해놓았다.

"음, 알았어. 코사크놈들에게 경호 의뢰를 했다는 닉스코어는 어떤 놈들이야?"

"한국 쪽 회사인데 러시아의 에너지기업인 룩오일NY가

출자를 한 것 같습니다. 그 때문에 코사크가 따라온 것 같습니다."

브랜든 요원이 자신이 조사한 내용을 말했다.

"룩오일NY가 투자를 한 회사라. 러시아의 룩오일NY가 자이르에 진출한 것으로 봐야겠군."

"예, 그렇게 보는 것이 타당할 것 같습니다."

알렉스 팀장을 비롯한 두 명의 요원들은 닉스코어를 한국회사로 생각지 않았다.

극동아시아의 작은 나라의 회사가 주도적으로 일을 진행한 것으로 보지 않은 것이다. 모든 배경에는 러시아가 뒤에 있다고 판단했다.

"적지 않은 인원과 헬리콥터까지 이용하여 들어온 것을 보면 상당한 투자가 이루어질 것 같습니다."

"모부투가 러시아를 끌어들인 거로 보아야 하나?"

"모부투가 여러모로 어려운 상황이긴 합니다."

"음, 더는 놈을 밀어주는 것도 한계겠지?"

"예, 러시아 놈들에게 자이르의 광물을 넘겨주기에는 그동안의 작업이 너무 아깝습니다."

커너가 알렉스 팀장의 말에 동조하듯 말했다. 한동안 CIA는 모부투의 정권을 밀어주었다.

그런데 모부투가 러시아의 기업을 끌어드린 것으로 보고

있었다.

　잠시 양손의 깍지를 낀 채 생각에 잠겼던 알렉스가 입을
열었다.

　"좋아, 로랑 카빌라와 접촉해."

　그의 말에 두 요원의 눈빛이 빛나고 있었다.

Chapter 10

　숙소로 쓰고 있는 멤링호텔에 자이르공화국 현지에 파견
된 코사크 정보팀이 활발하게 움직이고 있었다.

　그 속에는 두 명의 러시아 연방방첩국(FSK)의 요원들도
함께했다.

　두 명의 FSK의 요원들은 코사크 대원들이 사용하는 장비
와 지원을 부러워하는 눈치였다.

　KGB에서 FSK로 바뀐 이후부터 러시아 정부에서 받는
대우와 지원이 예전 같지 않았기 때문이다. 상당수의 인원
감축이 이루어졌고 지금 코사크에 근무하는 직원 중 상당

수가 KGB 출신이었다.

"CIA 놈들이 움직이기 시작했습니다."

코사크 정보팀이 자이르공화국에 도착하기 전부터 현지 CIA의 요원들을 추적했다.

"좋아, 계속 따라붙으라고 해."

코사크 현지 정보팀을 이끄는 쿠즈민의 말이었다.

"이자가 중앙아프리카의 책임자인 알렉스입니다."

FSK의 요원이 쿠즈민에게 사진을 건네며 말했다. CIA 요원들의 정보는 FSK에서 도움을 받고 있었다.

KGB의 후신인 FSK에는 상당량의 CIA 요원들에 대한 신상정보가 축적된 상태였다.

"놈이 자이르에 왔다는 것은 뭔가 일을 벌이겠다는 것이겠지. 회장님께 보고를 해야겠어. 자네도 함께 가겠나?"

"그래도 되겠습니까?"

쿠즈민의 말에 FSK의 요원은 조심스럽게 말했다.

"자네, 코사크에 들어오고 싶어 하던 거 아니었나? 그럼, 이번 기회에 점수를 따는 것도 나쁘지 않지."

코사크가 러시아에서 차지하는 위치를 FSK의 요원들도 잘 알고 있었다.

더구나 직원들에 대한 대우와 복지혜택이 러시아에서 최고라는 것도 말이다.

"감사합니다."

현직 FSK 요원인 아르샤빈은 기쁜 표정으로 쿠즈민에게 고개를 숙였다. 이것이 현재 러시아에서 코사크가 지닌 위상이었다.


현대중공업에서 마무리작업이 진행되었던 벨리키호가 군수물자와 연료를 싣고 부산항을 출발했다.

이와 더불어서 러시아에서 코사크 타격대 3팀과 70명의 전투 인력이 새롭게 자이르공화국에 입국했다.

자이르공화국에 코사크 타격대 세 개 팀이 들어온 것이다.

한편으로 모부투 대통령의 가족들을 경호할 열 명의 인원도 함께 입국했다.

코사크 타격대의 증원은 카로 지역에서 활동하는 용병단의 퇴치가 목적이었다.

용병단에는 프랑스의 외인부대와 벨기에 특수부대인 SAS, 그리고 미국 해병대 출신들이 포함되어 있었다.

이들은 아프리카의 여러 나라의 분쟁 지역에서 용병으로 고용되어 전투를 벌여온 인물들이다.

용병단의 구성원 중 절반 이상이 자신이 속했던 군조직에서 문제를 일으켜 불명예제대를 한 인물들로 구성되어 있었다.

추가로 이 용병단에 앙골라의 반군조직이 국경을 넘어 합세했다.

26명의 용병단 인원으로는 천오백 명에 가까운 현지 주민들을 관리할 수 없었기 때문이다. 앙골라의 반군조직은 120명 정도의 병력이었다.

두 집단의 이해가 관계가 맞아떨어진 것은 카로 지역에서 나오는 금이었다.

150명의 전투 인원은 절대 만만치 않은 병력이었고, 더구나 용병단은 전투 경험이 풍부한 자들이었다.

"전투 헬기는 언제 도착할 예정이지?"

러시아가 최초로 개발한 침공용 수송기이자 공격용 헬기인 Mi—24 하인드 2대를 들여오는 것이다.

일명 날아다니는 탱크 혹은 사탄의 마차로 알려진 Mi—24 하인드는 웬만한 공격으로는 타격을 받지 않는 죽음의 헬기였다.

강력한 무장은 물론 12.7㎜ 기관포 사격에도 견딜 수 있도록 동체를 장갑화했으며, 주 로터와 테일 로터는 피탄에 대비해 특별히 티타늄으로 제작했다.

"다음 주면 마타디 항에 도착할 것입니다."

코사크 타격대를 이끄는 예브게니의 말이었다. 그는 이

제 85명의 타격대를 이끌게 되었다.

"벨리키호는 어디까지 온 건가?"

군수지원함인 벨리키호에는 현지에서 사용할 헬기 연료와 군수 지원품들이 가득 실려 있었다.

"인도양을 지나고 있습니다. 15일은 지나야 도착할 것 같습니다."

코사크의 현지 정보팀장인 쿠즈민의 말이었다.

벨리키호에 실린 탄약과 식량들이 있어야 앞으로 펼쳐질 여러 작전을 원활하게 진행할 수 있었다.

"음, 시간이 필요하겠군. 카로해방작전은 언제 시작할 건가?"

카로 지역을 탈환하기 위한 작전명이었다. 자이르공화국은 카로 지역에서 활동하는 용병단과 앙골라 반군을 처리할 병력이 부족했다.

카로에 머무는 경찰과 보안군은 고작 40명뿐이었고, 이들은 용병단에게 매수된 상태였다.

"현지 조사와 지역 정찰이 끝나는 대로 바로 진행할 것입니다. 공격헬기인 하인드가 도착했기 때문에 화력 지원에는 문제가 없습니다."

예브게니의 자신감 넘치는 말이었다. 자동소총과 기관총으로 무장한 용병단과 앙골라 반군은 Mi—24 하인드을 상대할 수 없었다.

공격헬기인 하인드를 동원한 코사크의 전투력은 자이르 공화국 내의 어떠한 전투집단도 상대할 수 없었다.

"로랑 카빌라와의 접촉은 어떻게 되었나?"

"예, 저희 쪽의 지원을 받아들이겠다는 연락을 해왔습니다. 현재 CIA도 카빌라와 접촉을 시도하고 있습니다."

카빌라에게 자금을 제공하기로 했다. 현재 자이르공화국의 동부지역에서 근거지를 마련한 로랑 카빌라는 우간다와 르완다 정부에서 군사지원과 재정지원을 받고 있었다.

이를 바탕으로 자이르 정부군과 대등한 전투를 할 수 있었다.

"모부투 대통령에게 전달할 수 있도록 CIA에 대한 정보를 하나도 빼지 말고 수집해."

자이르공화국에서 CIA의 활동을 제한하기 위해 모부투 대통령에게 정보를 제공할 생각이다.

현재 이곳 자이르에는 프랑스와 벨기에 그리고 미국이 풍부한 광물자원을 차지하기 위해 자신들이 유리한 쪽의 세력을 지원했다.

이들은 일부러 분쟁을 유발해 중앙정부의 힘을 약화시키거나 자신들에게 유리한 인물을 권좌에 올리기 위해 쿠데타를 서슴없이 유발했다.

19와 20세기 쿠데타는 독립 이후 라틴아메리카에서 빈번하게 발생했지만, 아프리카 국가들이 독립을 이룩한 1960년대 이후부터는 아프리카 대륙이 쿠데타의 천국으로 떠올랐다.

무력을 통해 권력을 찬탈한 것을 그 기준으로 했을 때 아프리카에서 성공한 쿠데타는 85건에 이른다.

"알겠습니다."

쿠즈민이 이끄는 코사크 정보팀은 자이르에서 활동하는 CIA 요원들을 모두 파악하고 있었다.

현재 다섯 명의 인물들과 이들에게 고용된 11명의 현지인, 그리고 이들과 접촉한 군 장성들의 명단을 작성했다.

카빌라와 접촉하는 장면이 촬영되고 대화가 도청되면 곧바로 모부투에게 정보가 전달될 것이다.

먼저 자이르에서 모부투 대통령을 이용하여 미국의 설 자리를 잃게 만들어야만 코사크와 닉스코어가 이곳에서 활발하게 움직일 수 있었다.

\*        \*        \*

박명준이 자이르공화국에 도착했다. 그는 유럽 여행을 끝내고 이집트와 모로코를 거쳐 나이지리아를 방문했다.

박명준은 나에게 연락을 취하기 위해 닉스홀딩스로 전화를 걸었고, 자이르공화국에 출장을 갔다는 말에 마지막 목적인 남아프리카 공화국으로 향하지 않은 것이다.

공항에서 나오는 박명준의 등에는 커다란 배낭이 메여 있었고, 얼굴에는 깎지 않은 거친 수염들이 얼굴을 덮고 있었다.

언제나 젠틀했던 그의 모습은 온데간데없이 가난한 여행자의 모습일 뿐이었다.

"하하하! 어서 오십시오. 완전히 보헤미안(방랑자)의 모습입니다."

"하하하! 그렇게 보인다니 여행을 한 보람이 있습니다. 강 회장님께서는 언제 자이로에 오신 것입니까?"

"이제 한 달이 다 되어가네요."

"대단하십니다. 러시아는 물론이고 이젠 아프리카까지 진출하시는 것입니까?"

"세상은 넓고 한 일은 많다고 하지 않습니까? 일이 있으면 아프리카가 아니라 남극이라도 가야지요."

"이러니 제가 당할 수밖에 없었네요. 저는 솔직히 여행이 아니라 일로서 이곳까지 장기 출장을 하는 것이었다면 매우 힘들었을 것입니다."

박명준의 말처럼 아프리카는 아직 위험한 부분이 많았

다. 대기업의 종합상사들도 치안이 확보된 나라들만 선별해서 들어가는 실정이었다.

"하하하! 앞으로는 많은 곳을 가셔야 하는데, 벌써 엄살을 부리시면 어떡하십니까?"

"혹시, 이곳에 발령을 내시려고요?"

박명준은 내 말에 밝은 웃음을 지으며 말했다. 고민과 걱정에 싸여 있던 모습에서 완전히 벗어난 얼굴이었다.

그는 여행 중에 대산그룹을 떠날 의사를 강력히 피력하며 사표를 다시 제출했다.

이대수 회장도 더는 그를 잡지 못했다.

"걱정하지 마십시오, 여기는 아닙니다. 자, 가시면서 이야기를 나누시지요."

공항에 대기한 방탄 벤츠에 나와 박명준이 올라타자 네 대의 호위 차량이 함께 움직였다.

그중 두 대는 미국에서 들려온 장갑 강화형 험비(HmmWV)였다. 이 차량은 생존력을 높이기 위해 방탄키트를 부착했고, 이로 인해 4.6톤으로 늘어난 중량에도 기동성을 잃지 않도록 6.5리터 엔진과 강화 서스펜션을 채용했다.

두 대의 차량에는 유탄발사기와 중기관포가 장착되어 있었다.

*　　　*　　　*

　예상대로 CIA는 로랑 카빌라와 비밀리에 접촉 중이었다. 이미 사전에 카빌라와의 접촉을 통하여 자이르 반군조직에 핵심 인물을 포섭했다.

　이곳에도 돈으로 해결되지 않는 것이 없었다.

　그를 통하여 CIA와 카빌라와의 대화를 도청할 수 있었다.

　카빌라와 만난 CIA 인물은 자이르에 활동하는 커너라는 인물이었다.

　선명하게 나온 사진에는 카빌라와 커너가 반갑게 악수를 하는 장면이 찍혀 있었다.

　녹음된 두 사람의 대화에서 카빌라는 CIA에게 무기와 자금을 요청했다. 자이르 정부에 대항하는 반군조직을 운영하려면 그들에게 어느 정도의 금전적인 보상을 해주어야만 했다.

　"모부투 대통령이 좋아하겠군."

　녹음된 이야기에는 자이르공화국 정부를 전복하라는 요구가 분명하게 들어 있었다.

　"아마도 길길이 날뛴 것입니다. 미국 대사관도 된서리를 맞을 것입니다."

코사크 정보팀을 이끄는 쿠즈민의 말처럼 CIA가 미국 대사관과 협의 후에 움직인 것이 아니었다. 또한 커너의 공식적인 근무 장소는 미국 대사관이었다.

"프랑스의 움직임은 어떻지?"

"별다른 것은 없습니다. 현지 대사관은 자국민에게 잠비아로 잠시 이주하라는 말을 하고 있습니다. 더구나 작년에 발생한 보안군의 폭동에 대처능력이 떨어지는 모습이었습니다."

자국의 대사가 살해당한 후에 군대를 파병했지만, 병력에는 한계가 있었다. 프랑스의 영향력 아래에 있는 아프리카의 여러 나라에서 분쟁이 발생하고 있어서 여력이 없었다.

자이르공화국의 남쪽국경과 마주하고 있는 잠비아는 1964년 영국으로부터 독립한 이후 대부분의 통치 기간 동안 내전 없이 잘 정비된 정부를 존속시켜 왔다.

잠비아의 경제는 매장량 세계 4위의 구리 생산에 의존하고 있다.

"좋아. 모부투를 만나러 가지."

여러모로 유리한 상황으로 전개되고 있었다. 한동안 프랑스에 밀렸던 미국 CIA는 우리가 등장하자 너무 성급한 움직임을 보였다.

예상한 대로 모부투 대통령의 분노가 폭발했다.

공개적으로 모부투 정권을 지지하던 미국이 뒤로는 반군을 이끌고 있는 로랑 카빌라에게 무기를 공급하려 한 것이다.

자이르공화국 정부군은 반군과의 전투에서 이렇다 할 성과를 얻지 못하고 있었다.

여기에 다시 미국이 녹음기에서 흘러나온 대로 반군에게 무기를 공급한다면 정부군은 더욱 힘겨운 싸움을 벌여야만 하는 것이다.

"미국은 이 나라를 불구덩이로 만들려고 작정을 했습니다. 결코, 좌시할 수 없는 일입니다. 오늘의 일은 절대 잊지 않겠습니다. 강 회장님께서 이 모부투의 진정한 친구이십니다. 정말 감사드립니다."

모부투는 정말로 고마워했다. 한때 자신을 지지했던 서방세력의 변절을 직접 확인하게 된 결정적인 증거였다.

자이르공화국에도 정보부가 있었지만, 내부단속과 모부투 정권에 반대하는 민주인사들을 감시하는 데에만 중점을 두었다.

정권유지에는 신경을 쓰고 있는 자이르 정보부의 능력으로는 CIA이나 다른 나라의 정보활동을 파악할 수 없었다.

"대통령님의 도움에 작은 보답일 뿐입니다. 앞으로도 대통령님과 자이르공화국을 위해 노력하겠습니다."

나는 모부투의 말에 더욱 친근감을 표현했다. 앞으로 시작되는 모부투와 카빌라의 싸움에서 최대한의 이익을 돌출하기 위해서였다.

"하하하! 강 회장님의 사업을 적극적으로 도우라고 에너지부 장관에게 다시 한 번 전달하겠습니다. 필요한 모든 것을 적극적으로 지원할 것입니다. 필요하신 것이 있으시면 언제든지 말씀하십시오."

웃으면서 말하는 모부투의 눈길에는 깊은 신뢰가 들어있었다.

"한 가지 부탁드릴 것이 있습니다."

"뭐든 말씀하십시오. 자이르공화국이 줄 수 있는 것이라면 뭐든 드릴 것이고, 도울 일이라면 모든 도와드리겠습니다."

모부투는 호기 있게 말했다.

"하하하! 말만 들어도 배가 불러오는 듯한 말씀입니다. 다름이 아니라 저희가 개발하기로 한 카로 지역에 반군들이 활동하고 있다는 정보가 있습니다."

"군대가 필요하십니까? 그럼 제가 참모총장에게 말을 하겠습니다."

모부투는 자신 있게 말했지만 실제로 동원 가능한 군인들은 별로 많지 않았다. 오히려 현지 용병단과 앙골라 반군에게 역으로 당할 수 있었다.

"그건 아닙니다. 저희가 고용한 코사크가 반군을 소탕할 수 있도록 현지 경찰과 보안군이 저희 일에 관여하지 않게 해주십시오."

카로 지역의 경찰과 보안군은 용병단과 한패라고 보아도 무방했다.

카로해방작전 중 이들이 관여하거나 정보를 용병단에게 전달하면 자칫 작전실패는 물론이고, 볼모로 잡혀 있는 현지주민들에게 피해를 줄 수 있었다.

"알겠습니다. 카로 지역에 있는 무장병력을 모두 다른 지역으로 돌리겠습니다. 또한 카로의 모든 것을 닉스코어에 맡기도록 조치하겠습니다."

모부투는 흔쾌히 내 부탁을 들어주었다. 모부투 입장에서도 반군을 토벌하겠다는 나의 말에 반대할 상황이 아녔다.

더구나 코사크의 전투력은 이미 마타디 항구에서 입증되었다.


아프리카의 밤은 정열적이다.

이곳에서 살아가는 사람들도 동물들도 열정적으로 주어진 삶을 누린다.

누군가가 간섭을 하지 않는다면 이들은 신이 주신 아름다운 자연을 벗 삼아 아름답게 살아갈 것이다.

하지만 인간의 탐욕은 이 아름다움을 그냥 보고만 있지 않았다.

이른 아침부터 시작된 금광에서의 노동은 밤이 깊어가는 시간까지 이어지고 있었다.

"더는 지쳐서 일할 수가 없습니다. 하루라도 쉬는 날이 있어야만 합니다."

미나쿠 추장이 톰슨 소령에게 애원하듯 말했다. 톰슨 소령은 카로 금광을 책임자이자 용병단을 이끄는 인물이었다.

"후후! 할당량을 채우지도 못했는데 하루를 쉬겠다고? 아버지처럼 되고 싶나?"

오른손에는 쿠바산 시가를, 다른 한 손에는 위스키 잔을 들고 서 있는 톰슨은 몹시 불쾌한 표정을 지으며 말했다.

미나쿠 추장의 아버지는 톰슨이 이끄는 용병단에게 마을 원로들과 함께 살해당했다.

마을주민들이 금광에서 일하는 것을 거부한 것에 대한 보복이었다.

"죽는 것은 두렵지 않소. 지금 일을 쉬지 않으면 앞으로도 계속 할당량은 채워지지 않을 것이오."

톰슨의 위협에도 굴하지 않고 말하는 미나쿠는 결연한 모습이었다.

아버지를 이어서 추장이 되었지만, 마을 주민들이 당하고 있는 억울한 착취와 학대를 막을 방법이 없었다.

자신들을 보호해주어야 하는 현지 경찰과 보안군도 용병단과 한패가 되어 마을 사람들을 괴롭힐 뿐이었다.

그때 톰슨의 옆에 있던 인물이 톰슨의 귀에 대고 무슨 말을 했다.

톰슨과 함께 일을 하는 빅토르 웨이라는 인물로 금광에서 나오는 금을 처분하는 일을 맡고 있었다.

30대 후반인 웨이는 벨기에 출신으로 금을 정련하는 일도 같이했다.

"음, 좋아. 원하는 대로 휴식을 주지. 오늘부터 내일 정오까지만 일을 하지 않아도 된다. 대신 할당량은 금요일까지 채워나."

톰슨은 선심 쓰듯 말을 하며 담배 연기를 길게 뿜어냈다.

"금요일까지는 너무 힘든 일입니다."

"그럼, 쉬지 말고 일을 해. 선택은 둘 중 하나뿐이야."

톰슨은 더는 양보할 수 없다는 표정이었다. 여기서 더 말을 해봤자 소용이 없다는 것을 미나쿠는 잘 알고 있었다.

내일 오후만이라도 일을 멈출 수 있다는 것에 만족해야만 했다.

"알겠소."

미나쿠는 힘없이 톰슨의 숙소를 나왔다. 그리고 잠시 뒤 광산 주변을 밝히던 불이 꺼지면서 마을 주민들은 하나둘 힘든 발걸음으로 마을로 향했다.

늦은 밤 미나쿠 추장의 집으로 마을 청년들이 모여들었다.

"더는 참을 수 없습니다."

"차라리 싸우다가 죽는 것이 났습니다."

"맞습니다, 이러다가는 모두 지쳐 쓰러져 죽을 뿐입니다."

앞으로 마을을 이끌어가는 청년들을 하나같이 싸우자는 주장이었다.

하지만 나무창과 칼로는 중무장한 용병단과 앙골라 반군을 상대할 수 없었다. 미나쿠 추장도 마을 청년들처럼 싸우다 죽고 싶었다.

더구나 자신들이 희생해서 용병단과 앙골라 반군을 몇명을 죽인다고 해서 달라지지 않을 것을 잘 알고 있었다.

더욱이 문제가 되는 것은 여자들과 아이들이었다.

용병단은 금광을 우선시해서인지 마을의 여자들을 건드리지 않고 있었다. 하지만 무장봉기를 한 후에는 상황이 어떻게 될지 눈에 훤히 그려졌다.

"후! 나도 백 번이고 천 번이고 창을 들고 싶다. 하지만 우리의 어머니와 누이, 그리고 아이들은 어떻게 할 것인가?"

자신들이 죽고 난 후에는 여자들과 아이들을 동원해서라도 금을 캐낼 것이 분명했다.

미나쿠의 말에 청년들은 곧바로 입을 열지 못했다. 마을의 남자들은 죽음이 두렵지 않았지만 남은 가족들을 생각할 수밖에 없었다.

마을 근처에서 금이 발견된 것은 신의 축복이 아닌 악마의 저주일 뿐이었다.

"그렇다고 이대로 있을 수는 없습니다. 우리의 힘으로는 놈들이 요구하는 할당량을 채울 수가 없습니다."

현재 금광은 장비와 기계를 이용한 것이 아닌 순수하게 마을 주민들의 노동력으로만 채굴되고 있었다.

이젠 곡괭이와 삽으로는 한계에 달한 것이다.

"후! 아버지와 원로들이 살아 계셨으면 답을 주셨을 텐데."

한숨을 내쉬는 미나쿠는 지혜로웠던 아버지가 그리웠다. 자신에게 삶의 지혜를 빌려줄 마을의 원로들도 더는 없었다.

그때였다.

자신의 오른팔 노릇을 하는 돔베가 낯선 인물 둘을 데리고 왔다.

그는 다름 아닌 티토브 정과 코사크 정보팀의 일원이었다.

"저는 여러분을 돕고자 합니다. 저희 닉스코어가 카로 지역의 개발관과 치안유지에 대한 권리를 자이르공화국의 정부로부터 공식적으로 이양받았습니다. 그래서……."

티토브 정의 말을 코사크 정보요원이 불어로 전달했다.

여러 가지 이야기를 주고받았지만 미나쿠 추장은 의심을 풀지 않았다.

이들 또한 광산 개발을 목적으로 카로에 들어오려는 것이다.

용변단도 처음에는 카로지역에서 활동하는 반군을 퇴치하겠다는 말로 접근했다.

반군들은 마을에서 식량을 약탈해 가곤 했다. 하지만 용병단의 목적은 마을 근처에서 우연히 발견된 금광이었다.

자이르 반군을 쫓아낸 후부터 용병단은 마을 주민들을 강제로 동원해서 금광에서 금을 캐기 시작한 것이다.

"그 말을 어떻게 믿을 수 있습니까? 이곳에 있는 용병단도 우리에게 똑같은 말을 했습니다."

미나쿠는 이젠 외부인의 말을 믿을 수가 없었다.

"믿고 안 믿고는 여러분들의 몫입니다. 우리는 우리에게 부여된 카로지역의 권리를 찾기 위해서 움직일 것입니다. 마을 주민들의 안전과 피해를 막기 위해서 위험을 감수하면서 여러분에게 이야기를 전달한 것입니다."

티토브 정은 미나쿠의 말을 이해할 수 있었지만, 이들을 설득하다가는 작전이 노출될 수 있었다.

카로해방작전의 시행 시간은 모레로 정해졌다.

"정말 마을 주민들을 동원하는 일을 하지 않을 것이오?"

"저희가 이곳에 들어오면 병원과 학교를 세울 것입니다. 그리고 마을 주민을 강제로 동원하는 것이 아닌 정당한 보수를 주는 일자리를 제공할 것입니다. 저희 닉스코어는 불법적인 일을 하지 않습니다."

티토브 정은 닉스코어가 마을에 해줄 수 있는 일을 다시 한 번 강조했다.

'이자의 말을 믿을 수 있을까? 학교와 병원이라……'

마을 주민들의 간절한 소망이 담긴 말이었다. 주변 100

㎞ 이내에는 변변한 학교와 병원이 없었다.

이 두 가지의 제안은 그 어떤 제안보다도 달콤했다. 학교와 병원은 앞으로 부족민들이 더욱 나은 삶을 살아갈 수 있는 희망이 될 수 있었다.

'설마 더 큰 불행을 불러드리는 일은 아니겠지…….'

"후! 좋습니다. 우리가 어떡하면 되겠습니까?"

큰 한숨을 내쉰 미나쿠는 마음의 결정을 내렸다. 자신의 결정이 절대 후회가 되지 않길 바라면서 말이다.

티토브 정이 마을을 빠져 나간 후, 미나쿠는 다시금 톰슨을 찾아갔다.

이번 주 목요일까지 할당량을 채우고 금요일을 쉬게 다는 제안을 하기 위해서다.

금요일은 코사크의 작전이 시작되는 날이기 때문이다.

미나쿠의 제안을 톰슨은 웃으면서 받아들였다. 양질의 노동력을 유지하려면 하루 정도는 휴식이 필요하다는 것을 톰슨도 알고 있었다.

더구나 할당량을 하루 앞당겨 채우고서 쉰다는 것을 반대할 이유가 없었다.

Chapter 11

　"하하하! 정말 세계 경영을 하시려는 것이 아닌지 모르겠습니다."

　박명준은 닉스코어의 자이르공화국 진출에 대한 설명을 듣고는 놀란 표정으로 큰 웃음을 토해냈다.

　"세계 경영을 표방하시는 분은 대우그룹의 김우중 회장님이시죠. 저는 부족한 자원을 가지고 있는 우리나라의 자원 독립을 꿈꾸고 있습니다."

　국내를 벗어나 세계 경영의 화두를 던진 것은 김우중 회장이었지만 현실적으로는 쉽지 않은 일이었다.

"자원 독립의 원대한 포부를 가지신 것도 놀라운데, 그일을 직접 행동으로 옮기시는 것에 저는 더 놀랐습니다. 한국에서 그 어떤 기업과 인물들이 이러한 일을 할 수 있겠습니까?"

박명준은 러시아와 자이르공화국에서 펼쳐지고 있는 사업을 감당할 회사가 떠오르지 않았다.

닉스코어가 새롭게 만들어지고 단독으로 자이르공화국에 들어왔지만, 사실은 단독적인 움직임이 아니라는 것을 알게 된 것이다.

현지의 불확실함을 해결할 수 있는 코사크와 광물탐사를위한 룩오일NY가 함께 하는 일이다.

또한, 자금지원을 맡고 있는 소빈뱅크가 없었다면 가능하지 못하는 일이었다.

이러한 큰 회사들을 움직이고 있는 내가 놀라울 뿐이었다.

"하하하! 절 너무 높이 띄우십니다. 저보다 더 훌륭한 분들이 많습니다."

"아닙니다. 사실 이러한 일은 적극적으로 정부가 앞장서서 진행해야 할 일입니다. 하지만 정부를 대신해서 회장님께서 그 일을 담당하고 있으시니 대단하다고 말할 수밖에없습니다. 지금 한국의 기업이나 정부는 몇 년 앞을 내다보지도 않은 채 움직입니다. 회장님께서는 작게는 5년 후를, 아니 10년 후를 보시면서 움직이지 않습니까?"

박명준은 자이르공화국에서의 내가 어떻게 움직이는지를 직접 눈으로 보며 확인했다.

그것이 박명준에게는 작지 않은 감동을 받게 하였다.

그도 그럴 것이 나는 현재 높은 빌딩의 전망 좋은 회장 집무실에 앉아 명령을 내려도 될 위치에 있었다.

하지만 난 위험 요소가 곳곳에 널려있는 자이르공화국에 직접 들어와 직원들과 함께 움직이고 있었다.

"과찬이십니다. 제가 젊어서 그런지 판단이 내려지면 남들보다 먼저 행동하는 것뿐입니다."

"하하! 젊으신 것은 맞습니다. 거기에 겸손함과 판단력, 그리고 사람을 끌어드리는 매력을 갖추고 계십니다."

사람을 이끌어가는 지도자에게 있어서 지극히 바람직스러운 것은 남을 끌어들이는 매력을 지니는 일이다.

이 사람을 위해서라면… 라는 느낌을 주는 매력이 있다면 힘들이지 않아도 사람들이 모이며 또한, 그 밑에서 열성적으로 일하게 되는 것이다.

내 곁에는 어느 순간부터 사람들이 모여들었다.

함께 한 사람들에게 진심으로 사람을 대했고 훌륭한 인재라고 판단되면 큰 투자도 마다치 않았다.

더불어서 난 항상 말보다는 행동을 앞세웠고 내가 먼저 솔선수범했다.

그것이 일에 있어 미래를 알고 있는 것보다도 더 크게 작용했고 지금의 기업과 나를 있게 한 가장 큰 요인이었다.

"제가 그런가요?"

박명준에게 칭찬을 들으니 기분이 나쁘지는 않았다.

한때는 경쟁자로서 그를 높이 평가했었다. 그 또한 솔선수범하며 자기 일을 남에게 미루는 스타일이 아니었다.

"예, 그래서 제가 회장님과 함께하겠다고 결심한 것이니까요. 사람을 끌어들이는 매력뿐만 아니라 지금의 나이로는 도저히 볼 수 없는 혜안을 가지고 계십니다. 마치 회장님과 함께라면 어떤 난관도 헤쳐나갈 수 있다는 마음이 생긴다고 말해야 하나요. 아마도 지금 곁에 계신 분들도 그러한 생각을 하고 계실 것입니다."

박명준의 말처럼 나와 함께하는 사람들은 내 말을 전적으로 따랐다.

그것은 어떤 상황에서도 자신들을 버리지 않을 것이라는 강한 믿음과 신뢰였다.

그 믿음을 이곳 자이르공화국에서 알로사 직원들을 통해 다시 한 번 보여주었다.

더 나아가 내가 이야기했던 것들을 현실로 만들어냈었고

지금도 이루어나가고 있었다.

"고마운 말씀입니다. 제가 약속드릴 수 있는 것은 한가지입니다. 제가 한 말은 반드시 지킬 것이고 또한 이루어낼 것입니다. 하지만 지금 해나가는 일들은 저 혼자서는 할 수 없는 것들입니다. 박명준 대표님을 비롯한 저와 함께하는 모든 분들의 힘이 절대적으로 필요한 일들입니다."

"제게 믿음을 보여주신 것에 감사하고 있습니다. 그리고 자이르공화국에 와서 다시 한 번 제가 우물 안에 개구리였다는 것을 확실히 알게 되었습니다. 앞으로 회장님의 뜻에 따라서 어떠한 일이든 마다치 않고 하겠습니다. 저의 작은 힘을 보탤 수 있게 해주셔서 감사합니다."

말을 마친 박명준은 자리에서 일어나 나를 향해 정중하게 고개를 숙였다.

진심이 담긴 인사였고 나를 오너로서 인정하는 모습이었다.

여명이 밝아오기 전 4대의 헬리콥터가 어둠을 밝히며 하늘을 날고 있었다.

120명이 참여하는 이번 작전에는 코사크 타격대의 역할이 가장 중요했다.

이미 사전에 투입된 코사크 타격대 스무 명은 용병단과

앙골라 반군의 동태를 감시하고 있었다. 사전에 약속한 대로 마을 주민들은 밤을 새워가면서 할당량을 채워 모두 마을에 머물고 있었다.

작전은 용병단 근거지가 있는 금광 주변과 마을 주민을 감시하고 있는 앙골라 반군의 기지를 습격하는 것으로 시작될 것이다.

마을 주민들의 감시자인 용병단과 앙골라 반군들도 마을 주민들처럼 휴식에 빠져들었다.

―현재 대다수 취침 중.

감시를 맡은 선발팀에서 무전이 날아들었다.

"5분 후에 목적지에 도착한다. 알파 원, 감시의 눈을 제거하라."

―접수 완료. 작전 돌입.

선발대로 파견된 스무 명의 코사크 대원들이 경계를 맡은 앙골라 반군의 초병들을 제거할 것이다.

다행스러운 점은 전날 밤 술 파티가 벌어졌던 용병단에서는 아무도 경계를 서지 않았다.

앙골라 반군들 몇 명만이 모닥불 앞에서 수다를 떨며 잠을 쫓고 있었다.

그들에게 조용히 다가가는 그림자들을 앙골라 반군은 알지 못했다.

소음기가 달린 권총과 군용 단검을 든 다섯 명의 코사크 타격대원들은 발소리를 일일이 죽인 채로 일정 거리에 들어선 순간, 득달같이 네 명의 앙골라 반군에게 달려들었다.

바닥에 누워 쉬고 있던 반군의 머리에 총알이 박히자마자 세 명의 인물들의 목과 가슴에도 총알과 단검이 거침없이 파고들었다.

이물질이 몸을 파고들 때 일어나는 짧은 떨림은 오래가지 못했다.

네 명의 앙골라 반군은 비명 소리 하나 지르지 못한 채 땅바닥으로 쓰러졌다.

ㅡ입구 장악.

쓰러진 앙골라 반군은 보이지 않는 곳으로 빠르게 사라졌다.

ㅡ부엉이 둘, 클리어

연속해서 보초병을 처리한 무전이 들어왔다.

ㅡ독수리를 볼 수 있는 부엉이를 모두 제거했다.

용병단이 세워둔 열 명이 보초들이 순식간에 처리되었다.

타타타! 타타타!

"독수리가 공격을 시작한다."

수송헬리콥터가 마을 근처에 코사크 타격대를 내려놓는

순간 앞쪽에서 강력한 폭발음이 들려왔다.

콰과쾅!

Mi―24 하인드에서 발사된 로켓탄이 앙골라 반군이 사용하는 막사 위로 쏟아져 내렸다.


"이게 무슨 소리지?"

톰슨은 머리맡에 놓아둔 총을 집어 들며 말했다.

그때였다.

나무로 만든 숙소가 지진을 만나듯이 흔들렸다.

"이건 헬기 소리."

말을 끝나기가 무섭게 톰슨은 총을 들고서 숙소를 뛰쳐나갔다.

퉁퉁퉁! 타타다탕!

12.7㎜ 4연장 캐틀링포에서 쏟아지는 총알들이 용병단의 숙소를 향해 우박처럼 쏟아져 내리고 있었다.

"사탄의 마차."

톰슨은 허공에 떠 있는 Mi―24 하인드을 보며 중얼거리듯 말했다.

아프가니스탄에 용병으로 참전했던 톰슨은 Mi―24 하인드의 위력을 누구보다 잘 알았다.

구소련의 아프가니스탄 침공 당시, Mi―24 하인드 공격헬기는 무자헤딘 반군을 상대로 전쟁 초반 다양한 전과를 올렸다. 당시 공포에 질린 무자헤딘 반군들은 Mi−24를 사탄의 마차로 불렀었다.

"숲으로 가!"

살아남은 용병들에게 소리치며 달리는 톰슨은 용병단의 무기고로 향했다.

그곳에는 RPG−7 대전차 로켓포가 있었다.

그나마 하인드에게 충격을 줄 수 있는 유일한 무기였다. 톰슨과 같은 생각을 한 인물이 있었다. 그 인물은 무기고에서 RPG−7을 챙겨서 숲으로 향하고 있었다.

그 모습을 본 톰슨이 소리쳤다.

"피터! 여기로 와!"

톰슨을 본 피터가 RPG−7와 로켓포탄을 들고 달려왔다.

"헉헉! 드대체 어떻게 된 일이야?"

피터는 아프가니스탄은 물론이고 아프리카에서까지 8년간 동고동락한 친구이기도 했다.

"모르겠어. 자이르 정부군은 아니야."

"러시아의 하인드라면 프랑스와 벨기에도 아니잖아?"

현재 자이르공화국에는 자국민을 보호하기 위해서 프랑스와 벨기에 군대가 주둔하고 있었다.

쾅! 콰쾅!

무기고가 공격을 당했는지 커다란 폭발음이 연속해서 들려왔다.

금광이 있는 북쪽 숲으로 모여든 용병단은 열 명이 채 되지 않았다.

아프리카에서 4~5년 동안 숱한 전투에서 살아남았던 역전의 용사들이 단 한 번의 공격에 절반 이상이 죽거나 실종된 것이다.

"어떡할까요? 이대로 후퇴할까요?"

톰슨의 명령을 기다리는 용병단의 몰골은 말이 아니었다. 자다가 습격을 당해서인지 제대로 옷을 갖춰 입고 나온 인물이 드물었다.

하지만 그들의 손에는 모두 총이 들려 있었다.

무엇보다도 우선해서 자신의 총은 숙소에서 챙겨 나온 것이다.

"이대로 금을 포기하고 그냥 간다면 우린 아무것도 할 수 없을 것이다."

금은 이들의 마지막 보류였다.

수많은 죽음의 고비를 넘어온 이들에게 바라는 것은 편안한 삶이었다.

몇 시간 전만 해도 그것이 바로 눈앞에 있었었다.

허공에서 훤히 내려다보이는 앙골라 반군이 있던 기지는 쑥대밭이었다.

용병단이 거주했던 지역과는 달리 이곳에는 은폐물이 될 만한 것이 전혀 없었다.

Mi-24 하인드에 고스란히 노출된 상태에서 이들이 할 수 있는 일이라고는 도주뿐이었다.

몇몇 인물이 소총을 가지고 하인드를 향해 총을 쏘았지만, 그들은 곧바로 12.7㎜ 4연장 개틀링포에 의해 형체를 알 수 없게끔 분해되었다.

더구나 앙골라 반군은 12.7㎜ 기관포 사격에도 견딜 수 있는 동체를 타격할 무기를 가지고 있지 않았다.

마을로 피신하기 위해 도주하던 앙골라 반군은 이미 자리를 잡은 코사크 타격대에 의해 모두 처리되었다.

마을의 안전을 최우선이었기 때문에 Mi-172 수송헬기에서 내린 코사크 타격대가 제일 먼저 마을로 향했었다.

자칫 마을 주민들을 인질로 잡고 대항하는 것을 막으려는 조치였다.

코사크 타격대가 탔던 수송헬기까지 전투에 가세하자 도주하던 앙골라 반군은 모두 총을 버리고 하늘 위로 두 손을 들었다.

코사크 타격대가 한 일은 그다지 없었다.

땅에 무릎을 꿇고 앉아 있는 앙골라 반군을 수습하는 일 뿐이었다.

백 명이 넘는 앙골라 반군 중 살아남은 인물들은 고작 30여 명 정도였다.

하늘의 탱크라는 Mi—24 하인드의 무시무시한 위력을 볼 수 있는 광경이었다.

"앙골라 반군은 모두 정리되었습니다. 용병단은 십여 명 정도가 밀림 속으로 피신한 것 같습니다."

코사크 타격대를 이끄는 예브게니의 말이었다.

역시나 용병단은 앙골라 반군과는 달랐다. 수많은 전장에서 산전수전을 다 겪은 인물들로 놈들을 쉽게 생각할 수는 없었다.

그들을 처리하는 것을 가장 우선시했었다.

"추격대를 보냈나?"

"추격은 힘들 것 같습니다. 밀림이 넓고 복잡해서 자칫 놈들에게 역습을 당할 수 있습니다."

예브게니의 말이 맞았다. 코사크 타격대가 세계 최고의 실력을 갖추었다고는 하나 아프리카 밀림에는 익숙하지가 않았다.

더구나 용병단은 밀림에서의 전투에 능숙했다.

"음, 놈들이 이대로 물러나지 않을 거야. 마을 사람에게 용병단의 시체를 확인시켜서 놈들의 리더가 죽었는지 우선 확인해."

용병단의 머리가 사라졌다면 조금은 안심할 수 있었다. 하지만 그렇지 않다면 놈들과의 전투에서 코사크 대원들의 희생이 일어날 수도 있었다.

용병단은 확실히 제거해야 할 존재였다.

"알겠습니다. 주변 경계를 더 강화하겠습니다."

예브게니가 내게 경례를 한 후에 마을로 향했다.

"놈들이 다시 올까요?"

김만철이 내게 물었다

"저라면 이대로 물러나지 않을 것입니다. 그들에게는 이곳 금광이 삶의 전부이니까요."

용병단은 정련한 금괴를 가져가지 못할 정도로 급하게 밀림으로 도망쳤다.

"고작 십여 명으로 우릴 상대할 수 있겠습니까?"

김만철의 말에 모부투 대통령이 한 말이 떠올랐다. 카로 지역에서 얼마 떨어지지 않은 디노에는 자이르공화국의 또 다른 반군조직이 있다고 했다.

디노 지역은 산악 지역이다 보니 이곳에 자리를 잡고 있는 반군들을 자이르 정부군은 소탕하지 못하고 있었다.

디노의 반군은 천오백여 명에 달하는 것으로 파악하고

있었다.

"음, 잘못하면 십여 명이 아닐 수도 있겠습니다."

금괴를 나누자는 제안으로 용병단이 디노 지역의 반군을 끌어들인다면 큰 전투가 벌어질 수 있었다.

현재 디노의 반군 조직은 무기와 탄약을 구매할 자금이 부족한 상황이었다.

*　　　*　　　*

어둠이 깊게 드리우자 밀림에 몸을 숨겼던 톰슨과 용병들이 금광이 있는 근처로 조심스럽게 접근했다.

"앙골라 놈들은 모두 전멸했습니다. 우리를 습격한 조직은 보통 놈들이 아닌 것 같습니다."

앙골라 반군 있던 지역을 정찰한 리암의 보고였다.

"음, 우리끼리는 힘들겠는데. 놈들은 보초도 세우지 않았어."

용병단의 이인자인 피터가 망원경으로 금광 주변을 살피며 말했다.

그의 말처럼 주변에는 단 한 명의 경계병도 없었다.

"우리가 다시 올 줄 알고 덫을 놓았군."

톰슨도 금광 주변이 심상치 않음을 느꼈다. 밀림에서 몸을 드러내는 순간 자신들을 향해 총알이 쏟아질 것 같은 분위기였다.

"놈들은 우리와 같은 부류야. 거기다가 사탄의 마차를 가지고 있으니, 해보나 마나 한 게임이야."

말을 하는 피터도 아프가니스탄에서 톰슨과 함께 용병으로 싸웠었다.

"도대체 어떤 놈들이길래 하인드까지 손에 넣었을까? 러시아의 마피아 놈들이 자이르에 들어왔다는 이야기는 듣지 못했는데 말이야."

톰슨은 정규 군사조직은 아닐 것이라고 생각을 하고 있었다. 습격한 자들의 움직임과 전투 장비가 서방의 정규 군과는 달랐다.

"우리와 같은 용병이라고 봐야겠지. 미국놈들은 아닐 테고, 그렇다면 러시아나 동유럽 쪽이란 말인데. 자칼이 그쪽까지 손을 뻗친 건가?"

자칼은 유럽에서 활동하는 용병 회사였다. 주로 아프리카와 중동지역의 분쟁지역에 인력을 파견하고 있었다.

"글쎄, 그쪽에도 쓸 만한 애들이 흘러나오기는 하겠지."

피터의 말에 톰슨의 머리가 복잡해졌다. 처음에는 Mi—24 하인드만을 앞세우는 것으로 보아서 실력이 떨어지는 놈들로 생각했다. 하지만 정찰과 주변 상황을 종합적으로 판단했을 때 자신들과 비교해도 전투력이 떨어지는 놈들이 아니었다.

지금의 숫자로는 달걀로 바위를 치는 꼴이었다.

"오늘 밤 개죽음당하기는 싫어지는데. 디노의 오클로를 만날 수밖에는 없겠어."

오늘 밤 습격작전이 힘들어지면 차선책으로 이야기했던 계획이었다.

"그놈 아가리에 금괴를 다 처넣어야만 움직일걸."

"다 처넣어도 복수는 할 수 있잖아. 그리고 금은 다시 캐면 되고."

피터의 말이 틀리지는 않았다. 지금까지 캐낸 금괴를 오클로에게 다 넘기더라도 다시금 땅속에서 금을 캐면 되는 문제였다.

단지 시간이 걸릴 뿐이었다.

"음, 그래야겠어. 놈들을 끌어들인 미나쿠를 찢어 죽여야 하니까."

톰슨은 자신들을 습격한 놈들을 끌어들인 사람을 미나쿠 추장으로 보았다.

그도 그럴 것이 하루 휴식을 취하는 날 놈들이 공격헬기까지 동원한 대규모 기습을 해왔는데도 마을 주민들의 피해는 전혀 없었다.

놈들과 사전에 접촉하지 않았다면 할 수 없는 일이었다.

"친구들의 복수도 잊지 말아야지. 놈들의 인원이 얼마인지는 모르지만, 천 명을 동원하면 하인드로도 우릴 쉽게 막을 수 없을 거야."

피터는 자신들과 동고동락했던 동료들의 복수를 반드시 해줄 생각이었다.

더구나 디노의 오클로가 이끄는 반군은 미국의 적외선 추적 자체유도 방식의 휴대용 대공 유도 무기인 스팅어 미사일을 소유하고 있었다.

습격을 포기한 용병단은 다시금 밀림 속으로 조용히 사라져 갔다.

**Chapter 12**

　나무들이 빼곡하게 자리 잡고 있는 밀림지대를 벗어나자 나무들이 듬성듬성 나 있는 바위 지대가 나왔다.

　바위지대를 조금 더 지나자 산악 지대로 올라가는 길이 나왔다. 소형자동차 한 대가 간신히 지나갈 수 있는 길옆으로는 바리케이드와 함께 중무장한 이십여 명의 군인들이 지키고 있었다.

　반대편 자리 잡은 큰 바위 위쪽으로도 네 명의 군인들이 기관총을 길가 쪽으로 겨누는 모습이 눈에 들어왔다.

　"오랜만이군. 톰슨 대위"

용병단의 톰슨을 알아보는 인물이 한 걸음 앞으로 나오면서 말했다.

"쿰바, 이곳에 머물고 있었나?"

한때 톰슨에게서 군사교육을 받았던 인물이었다.

"날 인정하는 곳에서 있을 뿐이야. 한데 여긴 무슨 일이지?"

쿰바는 경계의 눈초리로 대하며 물었다.

"오클로 대령님을 만나러 왔다."

반군을 이끌고 있는 오클로는 자이로공화국의 육군 대령 출신이었다.

"대령님을?"

"큰 일거리가 있다."

"하하하! 몰골을 보아하니 문제가 생긴 것 같은데?"

톰슨에 뒤로 보이는 용병단 인물들 모두가 복장을 제대로 갖춘 자들이 없었다.

한눈에 보아도 패잔병의 몰골이었다.

"문제가 생기긴 생겼지. 하여간 대령님이 무척 관심 있어할 일이 있다."

"여기서 나에게 이야기를 해. 그런 전달해 주지."

"후후! 대령님이 싫어할걸. 대령님은 고급 정보가 자신 외에 다른 사람에게 전달되는 것을 싫어한다는 걸 너도 잘 알 텐데. 꼭 원한다면 이야기를 해주지."

오클로는 정보를 포함한 모든 걸 자신이 직접 독점하고 관장하길 원했다.

톰슨의 말에 쿰바의 미간이 찡그려지는 것이 보였다.

"아니 됐다. 요즘 들어 대령님의 심기가 좋지 않아. 네 말이 사실이 아니라면 산에서 쉽게 내려올 수 없을 것이다. 문을 열어줘라!"

쿰바의 말이 떨어지자 길을 막고 있는 바리케이드가 위로 올라갔다.

톰슨의 일행이 도착한 곳은 산 중턱에 자리 잡은 넓은 분지였다.

분지는 상당한 크기였고, 분지 내에는 마을이 형성되어 있었다.

그곳에는 수천 명에 달하는 인원들이 머물러 있었고 이들은 오클로를 지지하는 사람들이었다.

톰슨은 마을 입구에서 다시 반군에 의해 제지를 당했다. 입구에 잠시 대기하던 톰슨은 그가 만나길 원했던 오클로 대령에게 안내되었다.

"오! 톰슨 대위, 오랜만이군."

올해 47세가 된 오클로는 톰슨을 반갑게 맞이해주었다.

"여전히 활력이 넘치시는군요."

"하하하! 그렇게 보인다니 다행이군. 한데 여긴 어쩐 일로 방문한 것인가?"

평상시 톰슨은 오클로와는 그다지 왕래가 없었다. 서로에게 뭔가가 필요할 때만 찾을 뿐이었다.

"구미가 당기실 만한 일을 가지고 왔습니다."

톰슨의 말에 오클로 대령의 눈빛이 빛났다.

"구미가 당길 만한 일이라. 어느 정도길래 그렇게까지 말하는지 궁금한데?"

오클로가 흥미를 보였다.

"카로에 상당한 양의 금이 있습니다."

"금이라… 얼마나 되지?"

오클로는 곧바로 반응을 보였다.

"미화로 2천만 달러 상당의 금입니다."

"하하하! 구미가 당길 만한 일이군."

톰슨의 말에 오클로가 흰 이를 드러내며 큰소리로 웃었다.

"한데 문제가 좀 있습니다."

"문제라니?"

"금을 찾기 위해서는 카로에 있는 놈들을 처리해야 합니다."

"카로에 있는 놈들이라니? 카로에는 정부군이 없을 텐데."

"자이르 정부군이 아닙니다. 러시아에서 온 놈들입니다."

"러시아에서 군대를 보냈다는 말은 듣지 못했는데."

"군대가 아니라 용병들 같습니다. 놈들이……."

톰슨은 카로에서 벌어졌던 일을 설명하기 시작했다. 하지만 용병단이 운영했던 금광과 관련된 일은 빼놓은 채 이야기를 풀어갔다.

"정말 금을 내게 다 주더라도 그 지역을 되찾고 싶다는 것인가?"

"예, 저희가 정착했던 땅을 되찾고, 우리가 당한 만큼 복수를 하길 원합니다."

"음, 습격을 당했다고는 해도 천하의 톰슨을 이런 꼴로 만든 놈들은 보통이 아니겠는데. 나에게 하지 않은 이야기가 있나?"

'능구렁이 같은 놈.'

"예, 놈들은 러시아의 공격헬기인 Mi−24 하인드를 가지고 있습니다."

"공격헬기까지 소유한 놈들이라고?"

톰슨의 말에 오클로는 놀란 눈이 되었다. 자이르공화국

정부군도 제대로 된 공격헬기를 가지고 있지 않았다.

"예, 하지만 대령님께서는 스팅어 미사일을 가지고 계시지 않습니까?"

"스팅어가 필요해서 나에게 왔군?"

자이르 정부군이 오클로를 소탕하지 못하는 이유도 스팅어 미사일 때문이었다.

디노에 머무는 반군은 육로 접근이 어려운 산악 지대라 수송헬기를 통한 작전을 벌여야만 했다. 하지만 스팅어 미사일로 인해서 그러한 작전은 꿈도 꿀 수 없었다.

"솔직히 말해서 그렇습니다. 스팅어가 있으면 공격헬기를 그렇게까지 무서워할 필요는 없습니다."

"스팅어가 하나에 얼마인지 아나?"

"예, 잘 알고 있습니다. 하지만 2천만 달러의 금괴로 스팅어뿐만 아니라 다양한 무기와 식량을 구매할 수 있습니다. 그렇게 되면 굳이 대령님께서 이 산에 머물지 않아도 될 것입니다."

오클로가 이끄는 반군은 산악 지대에 머물고 있는 관계로 식량 사정이 좋지 않았다.

부족한 식량으로 인해서 밀림에 들어가 원숭이까지 잡아먹는 실정이었다.

오클로에게는 식량을 사들일 자금이 부족한 상태였다.

디노의 반군은 최우선으로 정부군과 싸울 무기와 탄약을 구매하고 있기 때문이었다.

"하하하! 자넨 말이 맞는 것 같군. 식사는 했나?"

"아직 먹지 못했습니다."

카로를 떠난 이후로 제대로 된 식사를 하지 못했다.

"그럼, 식사를 하면서 구체적인 이야기를 나누어보자고."

오클로 대령은 톰슨을 이끌고는 자신의 전용식당으로 안내했다.

그의 얼굴 표정은 이미 금을 손에 넣은 듯한 모습이었다.

\* \* \*

카로 지역의 마을들은 용병단에 의한 몇 년간의 긴 억압에서 벗어났다.

마을 사람들은 온종일 춤을 추며 이 기쁨을 만끽했고, 용병단과 앙골라 반군 기지에서 가져온 식량들로 잔치를 벌였다.

마을 축제는 며칠간 계속되었고, 시작한 지 5일이 지나서야 끝이 났다.

마을 축제가 벌어지는 동안 코사크 대원들은 경계를 늦

추지 않았다.

전투 병력을 증원하기 위해서 킨샤사에 머물고 있던 50명의 전투 병력이 카로에 새롭게 투입되었다.

또한 러시아에서 급하게 백 명의 코사크 대원들이 날아왔다.

코사크 타격대를 비롯한 3백 명에 이르는 병력이 카로에 집결했다.

코사크가 만들어진 이후 최대 병력이 한 장소에 모여든 것이다. 한편으로 기다리던 군사지원함인 벨리키호가 마타디 항구에 도착했다.

벨리키호에 실려 온 헬리콥터 연료와 무기들도 카로로 보내졌다.

도착한 무기 중에는 화력을 강화하기 위해서 러시아의 자동식 82㎜ 대포식 박격포인 2B9 바시렉(Vasilek)과 120㎜ 중박격포인 2S12 사니(Sani)를 들려왔다.

82㎜ 바실렉은 단발이나 자동 모드로 4발 클립을 이용하여 발사할 수 있어 분당 100에서 120발의 사격이 가능하다.

또한 포구나 포미 양방향에서 박격포탄을 장전할 수 있었다.

대규모의 포병 지원은 아니었지만, 일반 보병 전투에서는 큰 화력을 발휘할 수 있는 무기들이었다.

박격포와 기관총을 활용하여 금광 주변과 마을에는 참호와 함께 방어 기지를 만들었다.

한편으로 150명 정도의 마을 청년들을 선발해 군사훈련을 시행했다.

스스로 마을을 지킬 힘을 길러주려는 방법이었다.

훈련에 가장 열심히 임한 인물은 다름 아닌 마을을 이끌어가는 미나쿠 추장이었다.

"힘들지 않으십니까?"

"아닙니다. 충분히 할 만합니다."

얼굴에서 닭똥 같은 땀방울을 여신 흘러내리고 있는 미나쿠에게 물병을 건네며 물었다.

다시는 마을 주민들을 불행하게 만들지 않겠다는 신념 때문인지 미나쿠는 뭐든지 먼저 솔선수범했다.

나는 미나쿠의 이런 행동이 마음에 들었다.

더구나 미나쿠는 프랑스 명문대학교인 파리정치대학에서 공부했던 촉망받는 인재였다.

자이르공화국의 정치 상황이 훌륭한 인재를 그대로 썩게 하고 있었다.

"마을이 안정되면 약속한 대로 병원과 학교를 세울 것입니다."

"말씀만 들어도 기쁜 일입니다. 강 회장님과 닉스코어가 아니었다면 저흰 계속해서 노예처럼 살아갔을 것입니다. 정말 다시 한 번 감사드립니다."

"하하하! 아닙니다, 저희도 그냥 하는 것이 아니라 미래를 위해서 투자를 하는 것입니다."

"하하하! 이런 투자는 언제든지 환영합니다. 저는 며칠 동안 직원분들이 강 회장님을 대하는 것을 지켜보았습니다. 그리고 직접 어떤 분이신지 직원분들에게 물어보기도 했습니다."

'진의를 알기 위해서는 당연히 그래야겠지…….'

"하하하! 뭐하고 하던가요? 저도 궁금하네요?"

"자기들의 모든 것을 걸고서 진심으로 믿고 따를 수 있는 진실한 분이라고 했습니다. 저는 아직은 강 회장님을 잘 모르지만, 진실한 분이라는 것을 느끼고 있습니다. 이 카로를, 아니 자이르를 도와주시길 바랍니다."

미나쿠의 말에는 진심이 묻어 나왔다. 그는 마을뿐만 아니라 자이르공화국을 사랑하고 있었다.

"저를 그렇게 보았다니 감사합니다. 하지만 저는 자선사업을 하는 사람이 아닌 사업가입니다. 솔직히 저희에게 이익이 되지 않으면 투자를 할 수 없습니다."

미나쿠에게 확실히 하고 싶었다. 자이르공화국에서 얻고자 하는 광물자원을 확보하기 위해서 코사크를 동원한 것이다.

이를 위해서 수천만 달러가 경비로 소요되었다.

"저도 그 점을 잘 알고 있습니다. 강 회장님이 이끄시는 닉스코어는 지금 이 나라에 들어와 있는 외국 기업들과는 다를 것이라는 생각이 듭니다. 그들은 이 땅에서 나오는 값진 자원들을 강탈하고 착취하는 것에만 신경을 쓸 뿐입니다. 저는 우리의 것을 가져가는 만큼 자이르 국민에게 정당한 대우와 이익을 돌려주길 원할 뿐입니다."

미나쿠의 바람이 무엇인지 잘 알았지만, 현실은 그렇게 녹록지가 않았다.

"닉스코어는 합리적으로 노동의 대가를 지급할 것입니다. 더불어서 저희가 사업을 펼치는 지역에 살아가는 주민들을 위한 편의시설도 제공할 것입니다. 하지만 그전에 닉스코어가 이익이 발생해야 가능한 일입니다."

"솔직하게 말해주셔서 감사합니다. 저는 그 정도만이라도 이루어졌으면 하는 바람입니다."

미나쿠는 다시금 나에게 물병을 주면서 나에게 악수를 청했다.

마주 잡은 그의 손은 무척이나 거칠었다. 그동안 광산에서의 힘든 노동이 만들어준 아픈 상처였다.

미나쿠는 바람을 이루어주기 위해서는 먼저 카로의 안정

이 시급했다.

*         *         *

오클로 대령이 이끄는 디노의 자이르 반군들이 이동하기
시작했다.

천여 명에 달하는 병력이었고, 오클로 대령이 직접 이끄
는 1대대와 용병단의 톰슨 대위가 지휘하는 2대대로 나누
어져 행군했다.

1대대는 카로의 마을의 탈환을 맡고 2대대는 광산을 점
령하는 임무였다.

2개의 대대 병력 사이에는 어깨에 메고 발사할 수 있는
견착식 지대공 미사일 스팅어를 짊어진 인물이 보였다.

스팅어 미사일은 유효사거리는 4.8km, 최고 속도는 마하
2.2로 대부분의 항공기를 격추시킬 수 있다.

디노의 반군이 사용하는 스팅어 미사일은 미국이 아프가
니스탄의 무자혜딘에게 제공되었던 2천 개의 스팅어 미사
일 중 일부분이 자이르공화국으로 흘러들어온 것을 오클로
대령이 현직에 있을 때 빼돌린 무기였다.

행진하는 디노의 반군들의 얼굴은 마치 놀러 가는 듯한
표정들이었다.

이들은 카로 지역의 마을들을 약탈하는 것으로 알고 있었다.

그곳에 머무는 용병들이 있다는 말을 들었지만, 천 명에 이르는 자신들의 병력을 막지 못한다는 생각들이었다.

오클로 대령은 부하들에게 약탈한 물건을 모두 가져도 좋다는 말과 함께 오랜만에 푸짐한 음식을 제공했기 때문에 사기 또한 높았다.

이들에게 있어 파괴와 약탈은 언제나 피를 끓게 만들었다.

거기에 성적 노리개로 삼을 수 있는 여자까지 마음껏 겁탈해도 좋다는 명령이 내려진 상태였다.

탐욕에 물든 디노의 반군들은 어서 빨리 카로에 도착하길 원했다.


카로 지역의 대추장인 미나쿠가 나를 급하게 찾아왔다.

"무슨 일입니까?"

"군인들이 오고 있다고 합니다. 북쪽 밀림에 들어갔던 청년 하나가 총을 든 수많은 군인을 보았다고 합니다."

"어느 정도 규모의 인원이라고 합니까?"

"자세한 것은 잘 모르겠지만 수백 명은 훨씬 넘어 보인다고 합니다."

"음, 예상한 대로 놈들이 움직였습니다. 지금까지 훈련했던 대로 방어구역에 자경단을 배치하시고, 여자와 어린이들도 대피소로 피신시키십시오."

짧은 시간이었지만 마을주민의 대피 공간을 만들어두었다.

"예, 알겠습니다."

미나쿠는 다급하게 내가 머무는 숙소에서 나갔다.

나는 책상에 올려져 있는 무전기를 들었다.

─놈들이 움직였다.

무전을 마치자마자 금광 일대와 마을 주변에서는 사이렌이 울렸다.


"놈들은 밤을 노릴 것으로 예상됩니다. 마을 주민이 놈들을 보았다는 위치는 대략 이 지점입니다."

코사크 타격대는 물론 전투 병력까지 이끌고 있는 예브게니가 지도를 가리키며 말했다.

"놈들의 위치를 보았을 때 이곳까지 오려면 3~4시간 정도는 걸리겠는데."

김만철이 예브게니가 가리킨 지도의 위치를 살피며 입을 열었다.

"우리가 하인드를 가지고 있다는 걸 알면서도 놈들이 움직였다는 것은 하인드를 막아낼 방법을 찾았다고 봐야 할 것 같습니다."

다시금 예브게니의 말이 이어졌다.

"하인드를 막아내려면 공격헬기나 전투기가 있어야 할 텐데. 정부군이 아닌 놈들이 그걸 가지고 있지는 않을 테고."

"그럼 한 가지밖에는 없겠습니다. 휴대용 대공미사일."

김만철의 말에 티토브 정이 답을 했다.

"빙고! 그게 정답이겠는데."

티토브 정의 대답에 김만철이 호응했다. 회의에 참석한 모든 사람도 티토브 정의 말에 수긍하듯 고개를 끄덕였다.

"음, 그럼 하인드를 이용하는 전략에 제약이 생길 수 있겠습니다."

적들보다 부족한 병력을 막강한 하인드 공격헬기로 막을 생각을 하고 있었다.

"놈들의 공격 시점이 야간이라면 하인드를 이용한 공격에도 제약이 생길 수 있습니다. 격렬한 전투가 벌어지면 피아간의 식별도 힘들어집니다."

예브게니의 말처럼 야간에는 적과 아군을 구별하기 힘들었다. 위험을 감지하는 전방관측 적외선 장비를 통한 야간의 항행 지원과 표적 획득을 위한 적외선 열 영상 카메라의 성능이 하인드는 떨어졌다.

이를 위해서 이스라엘에서 생산하는 전방관측 적외선 장비를 주문한 상태였다.

이 장비는 항공기 전방에 장착된 센서를 통해 적외선 열영상을 획득하여 항공기의 항행 정보를 모니터에 나타냄으로써 항행 보조 장비로 활용될 뿐만 아니라, 레이더와 연동하여 지정된 표적에 대해 카메라의 시선을 지향하여 고배율·고선명의 표적 열 영상을 획득해 정확한 사격을 할 수 있게 했다.

"적들의 병력이 어느 정도인지는 모르겠지만, 놈들은 마을 자경단을 생각지 못하고 있을 것입니다. 자경단이 어느 정도 시간을 끌어준다면 타격대가 놈들을 우회해서 기습하는 전략도 좋은 방법이라고 생각됩니다."

김만철이 지도에 나와 있는 반군들의 예상 진입로를 가리키며 말했다.

반군의 목적은 금광과 마을이었다.

이를 위해서 주공격 루트를 예상해보면 세 군데로 좁혀졌다. 많은 숫자의 우위를 점하는 공격을 펼치려면 넓은 평지가 유리했다.

"예, 저도 김만철 실장님의 말씀에 찬성합니다."

예브게니도 김만철의 이야기에 동조했다.

전투가 길어지면 아군의 피해도 늘어날 수밖에 없었다. 더구나 전투에 직접 참여해 본 적이 없는 마을 자경단의 피해가 가중될 수 있었다.

자이르 반군들은 적어도 2~3번의 전투를 겪은 인물들이었다.

목숨이 오고 가는 전장에서 전투를 경험한 것과 못한 것은 큰 차이로 나타난다.

"좋아. 기습작전을 진행한다."

코사크 타격대가 습격을 맡고 나머지 전투 대원과 마을 자경단이 방어를 진행하는 쪽으로 결정했다.

그동안 튼튼한 참호를 비롯한 방어시설도 충분히 갖추어 놓았다.

반군이 사단 병력이 아닌 이상 하루 이틀 정도는 버틸 수 있었다.

Chapter 13

　백 명의 코사크 타격대가 기습 작전을 벌이기 위해 밀림으로 들어갔다.

　밀림을 손바닥 보듯 하는 마을 자경단 대원 안내를 받았다.

　2백 명의 전투 대원들 중 절반이 마을 방어하기 위해 투입되었다.

　마을의 150명의 자경단과 함께 마을 방어를 할 것이다.

　나를 비롯한 경호 대원까지 포함한 115명이 금광 지역의 방어에 나서야만 했다.

화력 지원을 해줄 박격포와 기관총을 주요 지점에 배치하고는 있었지만 충분할지는 미지수였다.

"후! 러시아에서와는 또 다른데요."

긴장되어서인지 짧은 한숨이 나도 모르게 나왔다.

"여기서는 본격전이 전쟁이라고 보시면 됩니다."

김만철의 말처럼 수천 명의 생사가 걸린 전투였고 전쟁이었다.

이 전투가 마무리되면 카로 지역을 바탕으로 세력을 키워 나갈 계획을 하고 있었다.

그 중심에 미나쿠를 앞세울 것이다. 자이르공화국의 권력 이동에 중심 역할을 할 수 있게 말이다.

자이르 반군 지도자인 로랑 카빌라를 지원하는 계획을 변경한 것이다.

"앞으로도 많은 전투가 벌어지겠죠."

내가 세운 계획을 김만철과 티토브 정은 알고 있었다. 지금의 고비를 넘어도 많은 난관이 도사리고 있을 것이 분명했다.

"올바른 일을 하시는 것입니다."

김만철은 언제나 날 믿었고 언제나 함께했다. 그건 티토브 정도 마찬가지였다.

"진정 제가 하는 일이 정의를 세우고 희망이 되는 일이 없으면 좋겠습니다."

솔직한 심정이었다. 점점 세력이 커지고 따르는 인물들이 많아질수록 많은 유혹이 뒤따랐다.

그때였다.

적외선 망원경으로 전방을 주시하고 있던 코사크 대원에게서 무전이 들어왔다.

― 전방에 움직임 감지.

저녁 8시밖에는 되지 않았지만, 광산 주변에는 달빛과 별빛 외에는 아무런 빛이 없었다.

반군들은 우리가 예상한 지점으로 들어서고 있었다.


"너무 조용한데?"

톰슨은 전방을 주시하며 말했다. 자신이 예상했던 것과는 달랐다.

러시아 놈들도 마을 주민들을 동원해서 금을 캐고 있을 거로 생각했었다.

하지만 금광 주변은 개미 새끼 한 마리조차 보이지 않고 조용할 뿐이었다.

"놈들이 철수한 것은 아닐까?"

용병단의 이인자인 피터가 망원경에서 눈을 떼며 말했다. 피터의 목에 걸린 망원경은 적외선 망원경이 아니었기 때문에 어둠 속에 숨겨져 있는 코사크 대원들을 확인할 수 없었다.

"아니야. 그렇게 쉽게 떠날 리가 없어. 며칠 전 정찰에서도 놈들은 이곳에 있었어."

공격을 위해 자주 정찰을 시행해야 했지만, 정찰병이 발각되어 사살된 이후 정찰이 중단되었다.

자칫 정찰병이 체포되어 러시아 놈들에게 정보를 줄 염려 때문이었다.

"오늘은 그냥 물러설 수도 없잖아."

"물론 그렇지."

동원한 병력이 천 명이 넘었다. 그 대가로 숨겨놓은 2천만 달러 값어치의 금괴를 오클로에게 넘겨주기로 한 것이다.

"곧 있으면 달빛도 사라지겠는데."

밤하늘에는 짙은 구름이 모여들고 있었다.

"기습하기에는 좋은 밤이 되겠군. 30분 후에 시작하기로 하지."

톰슨은 손목에 찬 시계를 보며 말했다. 눈앞에 보이는 금광을 두고 물러설 수는 없었다.

그곳에 무엇이 도사리고 있는지는 모르지만 말이다.

코사크 대원들은 모두 긴장한 태세로 적을 맞이할 만반의 준비를 하였다.

깊게 파인 참호 위로도 적의 눈을 가리는 위장 장치들이 설치되어 있었다.

시야 확보가 어려운 캄캄한 밤에는 참호를 전혀 발견할 수 없었다.

코사크의 전투 대원마다 충분한 탄약과 수류탄이 지급된 상태였다.

반군들이 몰려올 수 있는 측면과 정면 쪽으로는 기관총과 유탄발사기를 집중적으로 배치했다.

"놈들이 다시 돌아갔나?"

김만철이 말을 끝나기가 무섭게 무전이 들어왔다.

―적 출현!

짧은 무전이 들린 후에 앞쪽에서 폭발음이 연속해서 들려왔다.

쾅! 콰쾅!

적들이 진입할 길목에 설치된 부비트랩이 터진 거였다.

폭발음과 함께 어둠을 밝히는 섬광탄도 하늘로 치솟았다.

펑! 펑!

훤히 밝혀진 불빛 아래로 반군들의 모습이 고스란히 드

러났다.

타타타탕탕! 퉁! 퉁퉁!

공영화기인 러시아의 AGS—30 유탄발사기와 12.7㎜ Kord 중기관총이 불을 뿜었다.

거기에 코사크 전투 대원들이 소지한 7.62㎜ Pkm 기관총도 가세하여 맹렬하게 불을 토해냈다.

타다탕타! 타타탕!

조심스럽게 뭉쳐서 다가오던 자이르 반군들은 갑작스러운 공격에 놀라며 사방으로 흩어지기 시작했다.

흩어진 반군들도 엄폐물을 찾아 총구에서 쏟아지는 불빛을 향해 총알을 쏘기 시작했다.

반군 중 일부가 러시아제 휴대용 대전차 유탄발사기 RPG—7을 들고서는 기관총을 향해 발사하려고 했다.

그 순간 하늘에서 바람을 가르는 소리와 함께 박격포탄이 떨어져 내렸다.

쾅! 쾅! 콰쾅!

"러시아 놈들은 지원화기까지 갖추고 있어!"

앞쪽으로 달려가던 피터가 몸을 숙이며 외쳤다. 생각했던 것보다 더 강력한 화력이었다.

선두에 섰던 대열은 화망(火網) 사격에 갇혀서 제대로 된 반격도 못 하고 허무하게 무너진 상황이었다.

더구나 곳곳에 설치된 장애물과 부비트랩도 진격을 막는 장애요소였다.

"오른쪽이 그나마 화력이 약한 것 같다. 우리가 오른쪽을 뚫어야 해."

톰슨이 오른쪽을 가리키며 말했다.

"차라리 낮에 공격해야만 했어."

피터는 후회가 밀려왔다. 하인드를 피하기 위해 야간공격을 선택했지만, 오히려 그것이 자충수를 둔 듯한 느낌이었다.

러시아 놈들은 생각했던 것 이상의 전력을 갖추고 있었다.

"지금 그걸 따질 때가 아니야. 이대로 있다가는 자이르 놈들이 달아난다고."

톰슨의 말처럼 두려움을 느낀 몇몇 반군 병사들은 이미 밀림으로 달아나고 있었다.

"좋아! 놈들에게 우리가 어떤 사람들인지를 보여주자고."

피터는 호기 있게 말하며 앞으로 달려가려고 일어났다.

그때였다.

탕!

명쾌한 총소리가 들리는 순간 피터가 그대로 뒤로 허물

어졌다.

쿵!

"피터!"

톰슨은 땅바닥에 쓰러진 피터에게 다가갔지만, 머리를 관통당한 피터는 이 세상 사람이 아니었다.

그와 때를 맞추어서 뒤편에서 맹렬한 총소리가 들려왔다. 고스란히 등을 보이고 있던 자이르 반군을 향해 코사트 타격대가 공격을 가한 것이다.

한마디로 엎친 데 덮친 격이었다. 수숫단처럼 자이르 반군은 맥없이 쓰러졌다.

마을을 공격했던 1대대도 상황은 마찬가지였다.

조심스럽게 공격한 것이 아닌 마을을 약탈하기 위해 무조건 돌입하다가 몰살에 가까운 피해를 당하였다.

오클로 대령 또한 후퇴하는 과정에서 퇴로를 차단한 코사크 타격대에 사살당했다.

인원수만을 믿고서 엉성한 작전으로 임한 자이르 반군의 완벽한 패배였다.

형제와 같았던 피터의 죽음 앞에 피눈물을 흐리던 톰슨은 살아남은 병사들을 이끌고 밀림으로 후퇴할 수밖에 없었다.

후퇴한 인원은 고작 오십 명이 전부였고, 그중에 용병단의 인원도 다섯 명뿐이었다.

재기할 수 없을 정도의 큰 피해였다.

아침이 밝아오자 참혹한 참상이 고스란히 드러났다. 금광 주변과 마을 입구에 수많은 시체들로 넘쳐났고, 울부짖는 부상자들의 소리가 여기저기서 들려왔다.

코사크 대원들의 피해는 다행히도 십여 명의 부상자뿐이었지만 마을 자경단은 삼십 명의 사망자가 나왔다.

그와 반대로 자이르 반군은 사백 명이 넘는 사망자와 수백 명의 부상자가 발생했다.

거기에 포로로 잡은 반군이 150명에 달했다.

이들의 큰 피해는 코사크 타격대의 기습으로 인해서 발생한 것이었다. 후방이 공격당하자 아군끼리의 총격전이 발생하여 더 큰 피해를 입었다.

상처를 입지 않고 후퇴한 자이르 반군은 백여 명이 채 안 되었다.

코사크 타격대는 날이 밝자마자 디노에 위치한 자이르 반군을 향했다.

이번 공격을 위해서 반군 기지에 있던 스팅어 미사일을 모두 가져왔다는 포로의 이야기를 듣고서 움직인 것이다.

디노로 향한 2대의 Mi—24 하인드에 의해서 기지는 초토

화되었고 잔존 병력도 모두 도망치기 바빴다.

오클로 대령의 사망 소식까지 전해지자 반군은 더는 구심점을 찾지 못하고 각자 살길로 모두 흩어졌다.

그리고 디노에 머물던 주민들과 반군 일부가 다시 카로로 돌아와 항복했다.

카로를 위협했던 용병단과 디노의 반군이 단 이틀만의 전투로 모두 사라진 것이다.

수년간 자이르 정부군도 할 수 없었던 일을 코사크가 해내었고, 이 소식은 빠르게 자이르 전역으로 퍼져 나갔다.

카로가 안정을 되찾자 재건 사업이 하나둘 시행되기 시작했다.


디노의 자이르 반군들의 공격을 당당히 물리친 카로는 자이르공화국 전역에서 이름을 드높였다.

정부군의 도움 없이 이루어낸 일이었기 때문에 그 가치가 더욱 클 수밖에 없었다.

그러자 카로가 자이르공화국 내에서 가장 안전하다는 소문이 퍼져 나갔다.

소문은 확대되었고 카로를 이끌어가는 미나쿠 추장의 명성도 더욱 드높아졌다.

카로 지역과 미나쿠의 명성이 높아지자 사람들이 몰려들

기 시작했다.

카로는 활기가 넘쳐났다.

공사 자재와 중장비를 실은 트럭들이 카로로 속속들이 도착했다.

한편으로 헬리콥터를 통해서 전달된 의약품들과 의료장비들을 통해서 임시병원이 개설되었다.

부상한 마을 주민들을 비롯하여 자이르 반군들도 공평하게 치료를 받게 했다.

그 때문인지 반군을 그만두고 전향을 하겠다는 인물들이 대다수였다.

또한 부상당한 채 입원한 용병단원을 통해서 용병단을 이끈 톰슨 존재를 확인했고, 그가 숨겨놓은 금괴를 찾을 수 있었다.

이천만 달러에 달하는 금괴 중 오백만 달러는 마을 재건 사업에 사용하고, 오백만 달러는 금광에 투자하기로 했다.

금광은 인력을 동원한 채굴 방식이 아닌 현대 장비와 시설로 탈바꿈할 예정이다.

나머지 절반인 천만 달러는 코사크의 경비로 사용하기로 했다.

앞으로도 코사크는 자이르공화국에 계속 머물러야만 했고 지속적으로 탄약과 무기를 공급받아야만 했다.

카로 금광과 관련되어 미나쿠 추장과 새로운 계약을 체결하여 지속해서 카로 지역에 있는 마을들에 투자할 자금을 마련하기로 했다.

카로 지역은 이미 자이르공화국 정부로부터 전권을 위임받았기 때문에 굳이 미나쿠와 계약을 할 필요성은 없었다.

이러한 점을 미나쿠도 충분히 인지하고 있었고, 닉스코어의 주민들에 대한 투자와 금광 이익의 환원을 감사하게 생각했다.

카로에서 제일 먼저 시작한 공사는 식수원을 공급하는 공사였다.

마을 근처에는 물이 없어 4㎞ 떨어진 곳에서 마을 주민들이 물을 길어왔다. 그곳의 물도 식수로 쓰기에는 부적합한 물이었다.

먹는 물로 사용할 지하수 개발과 함께 북쪽 밀림에서부터의 식수에 적합한 샘에서 솟은 물을 마을로 끌어들이기로 했다.

공사에 필요한 인력에 동원된 마을 주민들 모두에게는 걸맞은 보수를 줬다.

식수원 공사는 마을을 위한 공사였기 때문에 금광 때와는 다르게 꾀를 피우는 사람 하나 없이 열심히 일했다.

한편으로 학교와 병원을 세우는 공사도 함께 진행되었다.

물자와 돈이 카로 지역으로 공급되자 자연스럽게 사람들이 몰려들었다.

"카로를 위해서도 한 걸음 더 나아가 자이르를 힘을 기르시길 바랍니다."

카로에 머무는 동안 미나쿠와 많은 이야기를 나누었다. 서방 다국적기업들의 목표가 되고 있는 자이르의 광물의 효율적인 개발부터 자이르 국민들의 의식을 개혁하기 위한 교육사업까지 전반적으로 의견을 교환했다.

그는 나와 많은 부분에서 공감했고 내가 세운 계획에 동참하기로 했다.

"예, 강 회장님께서 많이 도와주십시오. 물론 공짜를 바라지는 않습니다. 제가 드릴 수 있는 충분한 대가를 지급하겠습니다."

대답을 하는 미나쿠는 공짜라는 단어를 한국어로 말했다.

"하하하! 제가 너무 회사의 이익을 강조했나요? 공짜라는 말은 누구에게 배우셨습니까?"

"하하하! 김만철 실장님에게 배웠습니다. 저도 파리에서 생활하면서 국제 관계의 흐름과 경제 논리에 대해서는 어느 정도는 알고 있습니다. 무작정 도와달라는 말은 절대 통용되지 않는다는 것을요. 줄 건 주고, 받을 건 받겠습니다."

"예, 확실하게 받은 만큼 이 나라를 위해서 힘을 보태겠습니다."

"고마운 말씀입니다. 강 회장님 같은 분들이 이 나라에 일찍이 들어오셨다면 자이르는 오늘 같지는 않았을 것입니다."

"미나쿠 추장께서 힘을 길러 바꾸어 나가시면 됩니다. 부족 간의 이간질과 다툼을 종식하셔야 이 나라가 바뀔 수 있다는 점도 명심하셔야 합니다."

자이르공화국은 약 250여 개 부족으로 구성된 다민족국가로 수단족, 피그모이드족, 나일족, 반투족으로 이루어져 있으며 인구의 50% 이상이 반투족 계열이다.

미나쿠는 나일족으로 니그로라 알려진 이들은 키가 매우 크고 살집 없이 긴 몸매를 지닌 종족이다.

"예, 서구의 열강들이 우리들의 힘을 약화하려고 종족 간에 불화와 이간질을 정책적으로 시행했습니다. 저는 제 종족을 떠나 자이르의 평화와 안정이 무엇보다 소중합니다."

"그 마음을 잊지 않는다면 자이르공화국은 아프리카 대륙에서 우뚝 서는 날이 올 것입니다."

말을 마친 나는 미나쿠와 힘 있게 손을 마주 잡았다.

\*　　　　\*　　　　\*

자이르공화국 대통령 직속 특별보안군이 외국인들의 밀집지역인 곰베의 한 주택을 급습했다.

주택에 있던 3명의 미국인은 갑작스러운 상황에 어리둥절한 표정이었다.

"당신들 모두 국가 전복과 관련된 범죄 혐의로 체포한다."

"무슨 소리를 하는 거야? 우린 미국 대사관에 근무하는 외교관들이야."

미국 CIA 요원인 커너가 당당하게 말했다.

"후후! 웃기고 있군. 외교관이면 자이르와의 외교관계에나 힘쓸 것이지, 왜 반란군을 이끄는 로랑 카빌라와 만났나?"

보안군을 이끄는 대위의 직급 인물의 말에 커너와 그 옆에 있던 브랜드의 눈이 순간 커졌다.

"무슨 소리를 하는지 모르겠군. 우린 면책특권을 가진 외교관들이야."

커너는 다시 한 번 외교관임을 내세웠다.

"꼭 증거를 보여줘야 하나."

대위는 자신의 품에서 커너와 로랑 카빌라가 악수하는 장면이 담긴 사진을 세 사람의 눈앞으로 들이밀었다.

그 사진의 옆에는 브랜드 모습도 보였다.

사진을 본 순간 커너와 브랜드는 할 말을 잃어버렸다.

"모두 체포해!"

대위의 말이 떨어지자 총을 겨누고 있던 특별보안군들은 세 사람을 이끌고 밖으로 향했다.

"범죄 행위와 관련된 모든 증거품을 하나도 남김없이 찾아내."

대위는 부하들에게 지시를 내리자 수십 명의 특별보안군이 집안을 뒤지기 시작했다.

특별보안군은 몇 주 동안 CIA의 요원들과 그들에게 고용된 인물들을 미행하고 조사했다.

그리고 충분한 증거가 나오자 오늘 곧바로 용의자들을 체포한 것이다.

CIA에 대한 상당수의 증거는 코사크 정보팀에서 제공된 것이었다.

그날 저녁 미국 대사는 이 사건을 수습하기 위해 모부투 대통령을 만나기를 원했지만 이루어지지 않았다.


미국대사가 간절히 만나고 싶어 했던 모부투 대통령은 디노의 자이르 반군을 격퇴한 공로로 나와 코사크 대원들을 위한 만찬을 열어주었다.

"하하하! 강 회장님께서 자이르를 위해서 정말 어려운 일들을 해주셨습니다."

흰 이빨을 드러내며 마음껏 웃는 모부투 대통령이었다. 그간 디노에 자리 잡았던 반군들은 로랑 카빌라가 이끄는 반군들과 함께 모부투에게 있어 큰 골칫덩어리였었다.

"그렇게 생각해 주시니 감사합니다. 사실 저희 코사크에게 있어도 큰 어려움이었던 전투였습니다. 카로 지역 주민들의 도움이 없었다면 해낼 수 없었을 것입니다."

"하하하! 제가 그래서 킨샤사와 이어지는 철도확장 공사를 카로까지 확대하기로 했습니다. 또한 그 지역의 도로도 정비할 예정입니다."

철도가 이어지고 도로도 정비된다는 것은 카로가 발전할수 있는 토대가 마련되는 것이다.

자이르공화국의 수도인 킨샤사와 물자 수송이 활발해지면 카로의 식량 부족도 해결할 수 있었다.

"저희 닉스코어도 카로에 상당한 투자를 할 것입니다."

"마음껏 투자하십시오. 닉스코어와 연관된 모든 일은 최우선으로 처리하라고 지시해 놓았습니다. 그리고 앞으로 10년간 닉스코어는 세금을 한 푼도 내지 않아도 됩니다."

모부투는 생각지도 못한 선물을 선사했다.

"하하하! 감사합니다. 앞으로도 닉스코어와 코사크는 대통령님을 위해서 힘을 쏟겠습니다."

"고마운 말입니다. 자! 우리 다 함께 건배합시다."

모부투는 만찬 테이블에 놓인 샴페인 잔을 높이 들며 말했다.

그는 이번 일로 인해 나와 코사크를 전적으로 신뢰하고 더욱 의지하게 되었다.

*　　　*　　　*

며칠 뒤 미국 대사관 직원 여섯 명이 간첩 혐의를 받고 자이르공화국에서 추방되었다.

공식적인 인물들은 여섯이었지만 사업을 위해 들어왔던 미국인 기업가와 상사원들 일곱 명도 함께 추방되었다.

중부 아프리카에서 미국 외교관이 추방된다는 것은 전례가 없는 일이었다.

주로 북한 측 인사들이 밀수와 위조여권으로 추방된 적이 있었다.

더구나 추방된 인원은 자이르를 비롯한 탄자니아와 앙골라, 잠비아 등 중부 아프리카에서 잔뼈가 굵은 CIA의 핵심 인물들이었다.

자이르공화국의 정권을 바꾸기 위한 작업에 들어가기도

전에 실패를 맛본 것이다.

이 사건으로 아프리카에서의 CIA의 핵심 전략을 바꿀 수밖에 없었고, 영향력 또한 축소될 수밖에 없었다.

그 자리를 빠르게 코사크 정보팀이 파고들었다. 자이르공화국의 수도인 킨샤사를 비롯하여 주요 도시마다 연락망을 마련했다.

코사크 정보팀 강화를 위해서 러시아에서 일곱 명의 인물들이 추가되었다.


카로의 금광에 이어서 다이아몬드가 발견되었던 장소에 대한 전반적인 조사가 이루어졌다.

카로 금광은 노천채굴과 지하채굴을 병행하여 20년을 개발 채굴할 수 있는 양이 매장되어 있었다.

매년 60만 온스(18톤)를 생산할 수 있는 양이며 세계 최대의 금광이 될 수 있는 생산량이었다.

이를 위해 금을 정련하는 야금 공장과 금괴생산 시설을 카로 지역에 설립하기로 했다.

금광에서 6㎞ 정도 떨어진 지역에서 발견된 다이아몬드 광산도 30년 이상을 채굴할 수 있는 매장량 100만 캐럿 규모의 초대형 광산이었다.

현재 다이아몬드 광산의 대부분은 자이르공화국의 국영

기업인 엠피오에서 관리하여 생산하고 있었다.

문제는 투자가 이루어지지 않아 생산량이 줄어든 상황에서 다이아몬드 생산을 통한 이익 대다수를 모부투 대통령이 가져가고 있어 엠피오 직원들에게 월급이 계속해서 밀리고 있었다.

카로 지역의 금광과 다이아몬드 광산의 확보만으로도 자이르공화국에 진출한 목적을 충분히 이루고도 남았다.

더구나 현재 자이르공화국에서의 광산개발 이익 중 30%를 정부에게 주어야만 했지만, 코사크의 활약으로 인해 닉스코어는 10년간 유예를 받았다.

또한 닉스코어는 탄탈럼의 매장지인 동부지역 노부 키부 주의 광산개발권과 코발트 및 구리 매장지인 무탄다 광산지대를 확보했다.

한국에서 신장곤 박사와 함께 한국 의료진이 카로에 도착하자 병원 건설은 더욱 활기를 띠었다.

내과, 외과 등 전문의사 다섯 명과 간호사 열 명이었다.

러시아에서도 병원에 근무할 네 명의 의사와 일곱 명의 간호사가 도착했다.

현지 자이르공화국에서도 세 명의 의사와 열두 명의 간호사가 채용되었다.

병원이 완공되면 더 많은 의사와 간호사들을 채용할 생

각이다.

카로 지역에서 벌어지는 공사를 위해서 닉스E&C의 직원들이 현지에 들어왔다.

카로에 지어지는 병원은 자이르공화국에서 가장 현대적이고 최고 시설을 갖춘 병원이 될 것이다.

한편으로 자이르공화국의 협조를 받아 전기를 공급하는 송배전설비공사를 진행했고, 전력공급에 필요한 수력발전설비도 건설에도 들어갈 예정이었다.

앞으로 금광과 다이아몬드 광산을 개발하기 위해서는 전기는 필수였다.

카로 지역은 한순간에 주거환경이 바뀌며 문명의 혜택을 누리는 지역으로 거듭났다.

전기와 상수도는 물론이고 하수처리를 위한 공사까지 진행되고 있었다.

건설중장비들이 굉음을 내고 벌이는 병원과 학교 공사를 비롯한 도로공사까지, 곳곳에서 벌어지고 있는 공사들에는 지역주민들이 채용되어 일을 진행했고 그에 따른 급여가 지급되었다.

거기에 닉스코어 직원과 코사크 대원들이 사용할 주택들도 지어지는 공사가 이루어지자 자이르공화국 전역에서 사람들이 몰려들었다.

카로 지역 경기가 활성화되고 돈이 돌자 전에는 볼 수 없었던 상점들도 생겨났다.

　어느 순간부터 카로가 자이르공화국에서 가장 활발하고 활력이 넘치는 지역으로 탈바꿈하고 있었다.

　그 활력이 미나쿠에게 더 큰 힘을 부여했고, 카로 지역의 추장을 넘어 더 큰 지도자로서의 명성을 만들어가고 있었다.

　미나쿠가 얻는 명성과 힘은 곧 나의 힘이었다.

『변혁1990』 24권에 계속…

# 초대형 24시 만화방

신간 100%, 샤워실, 흡연실, 수면실(침대석), 커플석, 세탁기 완비

## ■ 시흥 정왕25시점 ■

경기 시흥시 정왕동 1742-13 미스터피자 건물 5층
031) 319-5629

## ■ 강북 노원역점 ■

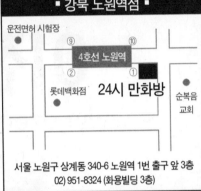

서울 노원구 상계동 340-6 노원역 1번 출구 앞 3층
02) 951-8324 (화용빌딩 3층)

## ■ 일산 정발산역점 ■

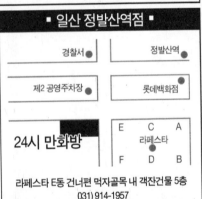

라페스타 E동 건너편 먹자골목 내 객잔건물 5층
031) 914-1957

## ■ 일산 화정역점 ■

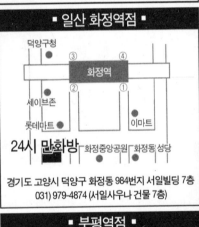

경기도 고양시 덕양구 화정동 984번지 서일빌딩 7층
031) 979-4874 (서일사우나 건물 7층)

## ■ 부천 역곡역점 ■

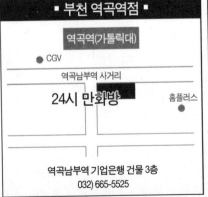

역곡남부역 기업은행 건물 3층
032) 665-5525

## ■ 부평역점 ■

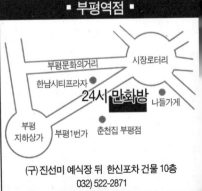

(구) 진선미 예식장 뒤 한신포차 건물 10층
032) 522-2871

# 이계진입

# 리로디드

## 임경배 퓨전 판타지 소설

FUSION FANTASTIC STORY

『권왕전생』 임경배의 2015년 신작!

# 『이계진입 리로디드』

**왕의 심장이 불나 사라실 때,
현세의 운명을 초월한 존재가 이 땅에 강림하리라!**

폭군으로부터 이세계를 구원한 지구인 소년 성시한.
부와 명예, 아름다운 연인…
해피엔딩으로 이야기는 끝인 줄 알았건만
그 대가는 지구로의 무참한 추방이었다.
그리고 10년 후……

"내가 돌아왔다! 이 개자식들아!"

**한 번 세상을 구한 영웅의 이계 '재'진입 이야기!**

Book Publishing CHUNGEORAM

유행이 아닌 자유추구 -
WWW.chungeoram.com

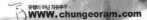

이모탈 퓨전 판타지 소설
FUSION FANTASTIC STORY

# 용병들의 대지
## Road of Mercenaries

이 세계엔 3개의 성역이 존재한다.
기사들의 성역, 에퀘스.
마법사들의 성역, 바벨의 탑.
그리고… 그들의 끊임없는 견제 속에 탄생하지 못한

# 『용병들의 대지』

전쟁터의 가장 밑을 뒹굴던 하급 용병 아론은
이차원의 자신을 살해하고 최강을 노릴 힘을 가지게 된다.

그의 앞으로 찾아온 새로운 인생!
아론은 전설로만 전해지던
용병들의 대지를 실현시킬 수 있을 것인가!

Book Publishing CHUNGEORAM

FUSION FANTASTIC STORY
가프 장편소설
시크릿 메즈
SECRET MEZ
-너는 10,000개의 특별한 뉴런을 더하게 되었어.
매직 뉴런, 불멸의 뉴런이지.
실험실 알바를 통해 만난 '6번 뇌'.
우연한 만남은 이강토를 신비의 세계로 이끈다.
『시크릿 메즈』
매직 뉴런을 탑재한 이강토의
정재계를 아우르는 좌충우돌 정의구현!
긴장하라, 당신이 누구든 운명은 이미 그의 손안에 있으니!
"무슨 꿍꿍이가 있는지, 어디 한번 봐볼까?"
Book Publishing CHUNGEORAM
유행이 아닌 자유추구 -
WWW.chungeoram.com